为长大

好了

庄羽 ——

著

北京联合出版公司
Beijing United Publishing Co.,Ltd.

目录
CONTENTS

第1章

　　桢是一种木头，古籍《山海经》曾有记载："又东二百里，曰太山，上多金玉、桢木。"古时候筑墙竖在两端起支撑作用的木材必须要用桢木，因为桢木够坚硬，撑得住。尹国栋律师当年给尹桢起名字的时候并没有考虑太多，只希望她能笨一些，最好像根木头——他认为太聪明的女孩子容易过得不太幸福。他希望女儿能够不那么通透以便将来生活幸福。

　　几十年过去，尹桢说她爸爸的愿望只实现了一半，因为她确实不够聪明，但是也不幸福。

　　幸福大约只是个人内心的感受，外人是不得知的。

　　在尹桢的朋友圈子里，像她这样一次婚都没有结过的人并不多，每次聚会看着人家拖家带口地出来，她心里就会一阵阵难过，一个人生活了无牵挂，但实在没有意思，有时还十分空虚。有一次尹桢借着喝醉了酒回家大闹了一场，逼着尹律师发动周围一切力量给她介绍对象，她想结婚。

尹律师登时红了眼圈儿："人生还很长，你要那么早结婚做什么呢？贾宝玉早就说过了，女孩儿未出嫁是颗无价宝珠，出了嫁就没了光彩成了死珠子，再老了，竟是鱼眼睛了。爸爸不催你，实在是不忍心看你受苦。"

"我都这岁数了还早？你要我孤苦伶仃过到什么时候，再过十年，人家都已经头疼孩子早恋的问题，我还要手忙脚乱给孩子换尿布？"喘一口气她又说，"人家谁不是从大学一毕业就被父母催着搞对象结婚，只有我，一天到晚在外面闲逛，没有结婚的压力，所以我到现在都还是一个人。你们的心里难道没有一点点的惭愧吗？"

尹国栋听了不再说话，神情里多了一些不安。每次都是这样，只要尹桢流眼泪他就会显得很惭愧。

"这无理搅三分的本事但凡能在外头使出来一半儿，别说结一次婚了，就是结婚离婚三五回也难不住你。"妈妈包晓禾医生冷冷的声音从书房里传出来，她就像个侠客，每一次她丈夫被女儿闹得没法子，不再讲话的时候她都会挺身而出，一刀插在尹桢的心上。

"你从十五岁就开始早恋的，忘了吗？我们什么时候管过？高三那一年，你们班一个男孩的家长，天天到办公室去堵我，让我管管你，不要跟他儿子早恋，你都忘了？刚进大学那年冬天我们去看你，岳鲁阳就已经把他爸妈拉来跟我们见面了。你新生入学才三个月呀，他们在五星级饭店请我们吃饭，他妈出手就送我一条红宝石项链……我们说什么了？"她端着一杯水从书房走出来，不紧不慢地走到尹桢的跟前，更狠戳她痛处，"岳鲁阳一毕业就要出国这事儿你早就知道，他家人在多伦多把学校都给你联系好了，人家全家上上下下对你都是很有诚意的，是你自己改了主意不跟岳鲁阳走的。现在嫁不出去，知道着急了，反倒怪在我们头上，你的良心何在！"

第 2 章

　　妈妈说的没有错，恋爱的经历尹桢的确是有过一些。十五岁的初恋对象是个学渣，上课就睡觉，放学就去打篮球，个子很高，班主任总是仰起脸骂他。

　　有一天上晚自习，化学老师从他身边走过闻到一股烟味儿，问他是不是抽烟了。他一口否认，吊儿郎当的样子激怒了老师："我从你边儿上过就闻到一股烟味儿，不是你的还能是谁的！说，说不出来明天叫家长。"顿了一下，又说，"你们这些男生，放学三五成群聚在一块儿抽烟喝酒，以为老师都不知道！"说着叫他站起来，把口袋东西都掏出来。学渣起身就慌了，趁老师不注意，把兜里的半盒烟扔给另一个男生。此时尹桢悲催地伸了个懒腰，那半盒烟被她胳膊一挡，优雅地落在她脚边。一时间，所有人的目光都聚集在尹桢身上。"这哪儿来的？"化学老师威严的目光箭一样射向她。

"我爸的。"尹桢平静说道，脸不红心不跳。

"你爸的？"

"啊，我妈让我爸戒烟，让我帮她盯着。早上我看见我爸在厨房偷着抽烟，就把烟拿过来装口袋里了，后来就忘了这件事了。"尹桢一副问心无愧的样子，正义凛然地看着老师——这是她的本事。

老师在沉默了几秒之后叫她坐下，扭脸勒令学渣把口袋里东西都掏出来放桌面上。"哗啦"，学渣扔出来两个打火机。

"这是什么？"

"打火机。"他马上又补充，"这是我捡的。"

"一次捡俩？"

"分两次捡的。"

……

这件事情以后，尹桢的第一次恋爱就那样发生了。

学渣给她写了情书，他们约着一起去看过两次电影，他送她回家的路上牵了牵手，仅此而已，如果这算恋爱的话。

分手发生在几个月以后。尹桢在篮球场看到另外一所中学的一个女生专程跑来看学渣打比赛，疯了一样给他加油，比赛结束马上扑过去递给他一瓶矿泉水，还顺势拉住他的胳膊牵起他的手……她登时火了，起身离场，再也没有理过他。后来她跟女伴说：

牵过我的手同样让别的女生牵住而不拒绝，这样的人我不稀罕。

初恋就像一道闪电，转瞬即逝，既不绚烂也不美丽，就那样平常地开始又结束了，尹桢甚至没有品尝到失恋的痛苦。唯一让尹桢感到困惑的是妈妈是怎么知道的。

高三那次恋爱纯粹是个乌龙，尹桢是被冤枉的。那男孩是她的同桌，不知为什么突然开始对她着迷，每天上学都为她带一个保温箱，里面装着牛奶、水果和各种点心，而尹桢也确实都吃了。后来突然有一天男生的妈妈找到学校，痛斥尹桢跟她的儿子早恋影响到她儿子复习，要求他们马上分手，并且完全不听尹桢解释，直接找尹桢妈妈提出让她管一管自己女儿……一向清高的包晓禾医生大发雷霆，气得浑身发抖，鲜有地抓起个晾衣架要打尹桢——怎么就这么没见识，给你两袋牛奶、几块点心你就跟他好！

自此尹桢便懂得女人的一生无比艰难，吃了人家几块点心而已，竟搭上整个青春期的清白。

至于后来的岳鲁阳……那又是另外一个故事了。

第3章

　　大三那年暑假，尹桢和同学徐春知结伴到苏州旅行。一天午后，两个人在寒山寺外的一间茶馆里休息。旁边一个身着布衫的光头大叔凑上来："两位姑娘，请我喝杯茶怎么样？"

　　两人对视一眼，不约而同抓起背包向外走，逃跑一般。

　　那人并没有追上来，犯不上，旅游旺季，茶馆里游客多的是。

　　第二天她们坐大巴去游周庄，中午时按照攻略的指引找到一家精致的餐厅。两人才坐下，昨天见过的穿布衫的人又凑了过来："两位姑娘，咱们有缘，中午这顿你们请。"

　　这次尹桢和春知彻底蒙了，半天说不上话来。已经在周庄玩了一上午，跑是跑不动的，两人正犹豫的工夫，那人又说话了："不白吃你们的，我家祖祖辈辈研究《易经》，一会儿吃饱了，我给你俩指点指点。"

尹桢不屑："大叔，吃顿饭没什么，咱别搞封建迷信行吗？"

那人瞬间脸色尴尬，噌地站起身，一副拔腿就走的架势，顿了一会，可能实在舍不得这顿午饭，咬牙又坐了回去。似乎感觉受到了侮辱，想给她们来个下马威，沉默了几秒之后，他含笑看向徐春知问道："你父亲对你好吗？"

"什么意思？"

"从小到大，你父亲可曾给过你关怀？哪怕一点点？"

春知的脸色登时变得煞白。

布衫大叔笑得十分得意，对着一旁的菜单努努嘴："点菜吧。"

尹桢咽了口唾沫，不甘心地翻开了菜单，思忖着点点儿物美价廉的东西让他填饱肚子好打发走。那人一把拿过了菜单："还是我来吧。"大约能宰人一顿确实不容易，他把菜单上的大菜都点齐了，松鼠鳜鱼、响油鳝糊、碧螺虾仁，零零碎碎还点了好些凉菜，最后还给自己要了两瓶啤酒。

酒菜上来之后，他自顾自地一通吃，风卷残云一般，尹桢完全没了胃口，春知更是连筷子都没有动过。

"你会很早结婚，而且会找到一个跟你爸爸一样的人。"他在一个本子上写写画画好一通之后抬头对着春知说道。见她面无表情，他又说："你爸爸其实也不错啊，蛮能干的，有钱有势。你也不错，祖上福荫很多，日子蛮富贵的，老公有钱又有地位，只是……"

"只是什么？"

"只是……没事的，都没事的，要知道人生不如意事十之八九，结婚离婚都是很平常的事，不算什么。记住我的话，世上的事只要你肯睁一只眼闭一只眼，都能过得去，总之不要太计较。你的晚年运很好的哦。"说完他讪笑着抿了一口茶瞄了尹桢一眼，"你就不一样了，你这个人啊……"

"还钱！"尹桢打断他。

"还什么钱？"他一怔。

"中午的饭钱，一共六百四十八。咱们三个人平摊一人两百一十六，两瓶啤酒算我请的，你给我两百。"

那人很不高兴："你这个姑娘，你就没有人家这么厚道。我跟你讲，做人厚道一点儿不吃亏的，人家为什么会那么好命，你为什么孤苦伶仃的，想过没有，这是为什么？"他一边说着一边站起身，又喝了一口茶之后从口袋里掏出一张卡片。"我跟你讲，你现在做出改变还来得及，对人对事温和一点儿，把自己性格调整一下，做到日行一善，你也会有好命的我告诉你。"他把手里的卡片扔给尹桢说，"这上面有我电话，我家祖祖辈辈都是研究《易经》的。我告诉你，这不是迷信，是科学，你有空可以上网搜我名字了解一下。"

两人低头看卡片的工夫，那人已经走出去了。尹桢本想追上去却被春知一把拽住，"算了，"她说，"一顿饭而已。"

"我不是心疼饭钱，是恨他骗人！"尹桢说完愤愤不平地对着他的背影大喊了一声骗子，那人撒开腿一阵小跑，没一会儿就消失了。

"我从来没跟你说过我家的事。"春知低声说，"我很羡慕你，有那样的家庭。"

　　"每个人都有自己的痛苦，别人不知道罢了。"

　　"那人说的没错，我爸爸从来没有给过我一点关怀，从我上小学开始他就一直跟我妈吵架，从来不拿正眼看我。我有爸爸，还不如没有。"

　　"那人摆明了就是一个骗子，不过碰巧蒙对了。"尹桢低头看了一眼手里的名片，张大鹏，恐怕连名字都是假的。

　　"我上中学时，他们终于离婚了。我觉得自己好像死过一次，那么多年都是谨小慎微地活着，只要我爸爸在家，我就不敢发出一点儿声响，生怕他突然又跟我妈吵起来，又或者跳起来骂我蠢、笨……"她忍不住哭了出来，"原来他有别的孩子，跟我妈离婚不到一个礼拜就再婚了。我偷偷跑到酒店去看，他对那对双胞胎孩子好得不得了，我从来没见他那样笑过。"

　　粗线条的尹桢听到这些忍不住一阵心酸，搂住她的肩膀安慰道："但是你现在过得很好，过去不重要，重要的是你和你妈现在过得好。"

　　"离婚的时候我爸一分钱都没有给我妈，只给了她一个郊区的破院子。现在知道院子要拆迁，那个女人又跑来找我妈要钱，隔三岔五打电话，骂她怎么还不死，我妈快被她折磨疯了。"

　　她们在大学宿舍一起住了三年，这是尹桢第一次听春知谈起她的家庭。此前尹桢一直觉得世界上所有父母都彼此相爱，每个女儿都受到呵护……已经上了大学的尹桢还如此单纯幼稚。

第 4 章

　　大家都说两个美女永远不可能成为朋友，而漂亮姑娘和丑姑娘是最容易成为好朋友的。尹桢不丑，但也谈不上漂亮，胜在皮肤白一些，整天没心没肺地嘻嘻哈哈，跟她比起来春知就是漂亮的那一类女孩，叫人过目不忘。春知有一双明亮的眼睛，皮肤白皙，个子高挑，充满那种温柔的倔强气质。

　　彼时，岳鲁阳已经去了加拿大，春知一度是尹桢的精神支柱。现在听到春知讲述家庭的悲惨，尹桢不禁有些脸红：一个背负着巨大不幸的人居然把心底的悲伤隐藏得那样好，还反过来那样耐心抚慰好友，这样的情谊叫她不知如何报答。大概是从那个时候开始，尹桢暗暗发誓要好好守护这个朋友，不允许她再受到任何伤害。

旅行回来，两人先去了春知在郊区的家。院子门口停着一辆白色越野车，春知怔了两秒，突然发疯一般冲进院内。一个年轻女人正揪住另一个中年女人的头发狠命将她拉倒在地。春知疯了一样地扑上去，一把揪住年轻女人的头发，一旁把她的头往墙上撞一边哭喊着我要杀了你。一边看呆了的尹桢赶忙扶起倒地的中年女人，她的五官跟春知长得一模一样。

　　年轻女人的额头已经在流血了，春知像中了邪般仍一下一下把她的头撞向墙壁。女人叫得那样惨，春知就像没有听见。她妈妈扑过去阻止："停手，春知你停手！会出人命的，你要把她打死了！"

　　"我就是要打死她！"春知已经红了眼，"抢了我爸爸，又来欺负我妈，我就是要杀了她！"

　　"春知，冷静！"尹桢不知哪里来的力气一边从身后抱住春知一边指挥她妈妈报警，叫救护车。费了好大力气尹桢才把春知冰凉的双手从那女人头上拉开，春知浑身战栗着狠狠地瞪着那个抢了她爸的女人。那个女人靠在墙角，满脸是血，只有喘息的份儿。

　　尹桢从来不知道一个温柔如徐春知的女孩子也可以下得去那样的狠手，大约是被欺负急了。

　　一个神色焦灼的微胖男人跑来，径直冲到那个女人面前："雅丽，你怎么样，还好吗？"叫雅丽的女人紧紧抱住他，哭着说："你闺女差点儿杀了我，你再晚来一会儿，就再也见不着我了。"

　　男人霍地站起身，一巴掌抽在春知脸上："没人性的东西，跟你妈一样该死！"

"你再敢动我女儿一下，我今天就跟你同归于尽！"春知妈妈盯着男人冷冷地说道，她走到春知身前护住女儿。

男人不屑看她，把脸扭向一边，满是嫌弃。

随后警察赶来，将他们几个人带到派出所。尹桢一直陪着她们娘俩，直到深夜。几个人一起走出派出所时，叫雅丽的女人被春知的父亲揽着肩膀，流露出不可一世的嚣张，冲着她们娘俩嚷道："我告诉你们，那个院子还有老徐的一半，你们娘俩别想独吞，咱们法院见！"有男人撑腰的女人，到底跋扈。

"好大的口气！"尹桢忍不住冲到她跟前，"你也是女人，也有孩子，抢了人家丈夫还来抢人家家产，你当心遭报应！法院见是吗？打官司算找对人了，我家里正好有个律师，最不怕的就是法院见。咱们顺便翻翻以前的旧账，把财产重新分割一下，到时候你可别不来！"说完扫了一眼她身旁的男人。

"你算老几，告诉你少掺和我们家的事儿！"

"行不更名坐不改姓我叫尹桢，全国十大律师之一的尹国栋是我爸，你有兴趣可以上网搜他名字了解一下。"

听到尹国栋的名字，春知爸爸看向尹桢："都少说两句吧。"他拉着那个女人走向不远处的汽车，自始至终没有看过春知母女一眼。

"从今往后，我没有爸爸。"回来的路上春知对尹桢说。春知像丢了灵魂，脸上没有半点生机。

"这样的爸爸不要也罢。"尹桢不知如何安慰春知，她坚信像这样的男人总有一天会得到上天的责罚。

"君子报仇，十年不晚。"她说。

回到家，尹桢把春知的经历说给爸妈听，他们安慰了她一阵，让她早点休息。

洗过澡躺在床上，尹桢的耳边全是尖叫声，闭上眼就看见白天经历的一幕幕，那个女人流满鲜血的脸，春知妈妈凌乱的头发，春知冰凉的双手，她爸爸重重甩在她脸上的一个巴掌……她想不明白，一个家怎么会变得那样凌乱和不堪，一个男人对待他曾经的妻子和孩子，竟然可以那样凶狠，简直与流氓无异……尹桢不单是那个晚上没有睡好，许多年以后想起那一天的场景她都会失眠。

没有人知道，这件偶然介入的事情让尹桢对人心生出怎样的恐惧。

第5章

毕业以后，春知去了一家网络公司做运营。尹桢性子野，喜欢到处跑，去了一家旅游公司。旅行本来是她的爱好，能够做成一份职业也算幸运。公司并没有既定的路线，完全根据客人的意愿及预算来定制，尹桢的工作是先期出去踩点，拍摄沿途风光及体验酒店设施，最后写成报告供客人参考。相比起来，春知的收入和工作都胜尹桢一筹，不过两人各得其乐。

有一天尹桢下班刚走出写字楼就听见有人叫自己的名字，循声望去，春知在车里朝她招手。春知家的院子早已拆了，开发商补偿了一大笔钱，母女俩在郊区买下一个小院，生活十分惬意。

尹桢朝她跑过去："你这富婆，怎么有空来找我？"

"上车！"春知也不反驳，笑着招呼她。

车上的空调开得很大，可见春知在这儿等了很久。徐春知并不浮夸，拿到拆迁巨款后只给自己买了一辆普通轿车。

"去哪儿？"尹桢问她。

"陪我去相亲。"她笑着说，"我妈以前的同事给我介绍的，我推了半年了，实在推不过去了。"

不难想象，以春知现在的情况，提亲的人怕是踏破了门槛。

"先说好了，条件比你差的绝对不能要。"尹桢第一时间向她发出警告。

"那是那是。"春知是颜值控，只怕见到一张英俊的脸把什么都忘了。

走进餐厅，第一眼见到杜北的时候尹桢就知道春知完蛋了。杜北一米八几的身高，身形健硕，一张棱角分明的脸，还有一家自己的汽车租赁公司……真诧异这种条件的男人怎么也会出来相亲，尹桢暗想这人如果不是骗子，必定是有着不为人知的重大缺陷。

杜北很懂得照顾人，点菜的时候总是提前询问春知的喜好，不忘叮嘱服务员把杯子里的冰水换成温的。他还很幽默健谈，不管说起什么总能引得春知大笑。对于自己毕业以后的经历，包括以前交往过的女友，杜北无一不是坦率地和盘托出，更难得的是，他从不讲前女友的坏话，只说分手都是因为自己的不好。尹桢暗想，八成在这点上他说的全是真的。

说到出来相亲，他看着春知玩笑着说道："真是没办法，人长得太帅，走到哪儿都被人扑，女孩儿都觉得没有安全感，搞得我好像很花心一样。天地良心，我只是想成个家，安安心心地过日子。"顿了一下又说："我也马上三十岁的人了，事业拼到今天也算比上不足比下有余，够了。剩下的，就是成个家，守着老婆孩子过日子了。"这年头出来相亲的年轻人像他这么有见识又这么传统接地气的真是不多见，有的仗着自己事业有成有点儿小钱傍身便对女人呼来喝去，有的自恋到觉得自己就是童话里普度万千少女的白马王子，话里话外都会不自觉流露出一种庸俗的优越感：能够跟我见面是你无限的光荣和好运，现在我肯给你一个机会，你要好好表现！这些毛病，在杜北的身上全都没有，他全程都很有礼貌，还很谦虚，对这次相亲表现出十二万分的诚意。

春知对这次相亲显然是满意的。尹桢能说什么呢？她能说我对这个人充满警惕是因为他太好太完美？她能说你徐春知跟他摆在一起，就好像一张白纸旁边放个万花筒？不过她还是委婉地提醒春知："我爸说，谈恋爱的关键在于谈，时间拉得长一点儿没坏处。"

春知便又流露出一丝伤感："你爸真好，什么都告诉你。"

"他只不过好为人师。"尹桢笑笑。

第 6 章

　　在第一次见面半年以后，二十四岁的春知和杜北结婚了。婚礼在同学当中引起了不小的轰动，杜北不但送出了一辆保时捷和三克拉钻石作为聘礼，还买了头等舱机票邀请春知所有在外地的亲友到半岛酒店参加婚礼，春知她爸没有在邀请之列。婚礼上春知妈妈站在台上讲了很多祝福的话，最后她对杜北说："人这一生瞬息万变，无论将来贫穷还是富有，我都拜托你要善待我的女儿。"

　　台下坐在尹桢身旁的包医生听见这话忍不住嘟囔了一句："嫁女儿怎么可以讲得这样卑微，说得好像自己女儿哪里配不上他一样！"

　　"人家是客气。"尹桢说。

"这时候有什么好客气的,要的是底气。"她反驳,"倒好像求他似的!"包医生和春知妈妈虽然都养了女儿,境遇却是不一样的。生下尹桢之后,包医生的使命就算完成了,将孩子丢给老公,一猛子扎进工作中,加上她是外科大夫,家里家外并未受到过一丁点的怠慢,更别说被欺负,哪里懂得春知妈妈的心境。

结婚没多久传来春知怀孕的喜讯,接着她便离职,专心养胎。

春知辞职以后一有时间就跟尹桢见面,然而每次见面她都显得有些憔悴,尹桢问她,她就说是怀孕的反应太大。直到有一天,她突然问起尹桢:"你还记得咱们在苏州遇见的那个算命先生吗?"

尹桢想了一会儿:"什么算命先生,就是个骗子,你没看到我找他要钱他跑得比兔子还快?"

春知就慢慢地摇摇头:"他说我会早早地结婚,而且会找一个跟我爸爸一样的人……"

尹桢不禁警惕地看着她:"杜北欺负你?"

她立刻笑笑:"没有,他怎么会欺负我。"顿了一下又说:"不过结婚以后杜北比较忙,在家的时间不太多,我又怀着孕,有时候心情不大好。"

又有一次,尹桢到家里去看她,只见她挺着硕大的肚子在拖地,尹桢忙上前抢过拖把:"这么大的肚子了还自己擦地,怎么也不请个阿姨?"

"杜北说那些阿姨干活粗鲁,不喜欢让她们碰家里的东西。"

尹桢环视他们两百多平方米的家,处处一尘不染,全是春知一个人打扫。

"你不会还得给他洗衣服做饭吧?"

春知笑笑:"反正现在不用工作,闲着也是无聊。"

"这他妈哪是结婚啊,这是找个免费保姆嘛!"正说着,杜北进门了,见到尹桢倒是很客气:"什么时候来的,怎么不坐那儿聊。"话说间杜北随手把外衣递给春知。"怎么不给尹桢倒茶呢?"说着杜北亲自到厨房倒了一杯茶,"随便坐。"

见杜北回来招呼尹桢,春知再次拿起拖把把剩下的地拖完。

"怎么样,工作忙不忙?"杜北随意地跷起二郎腿跟尹桢聊起来。

"还可以。"她客气地笑笑。

"前几天看新闻,听说中东的富豪来中国旅游由你们公司接待,是真的吗?"

"你说穆罕默德?他是我的客户。"

杜北立刻对尹桢刮目相看:"真有你的,以前怎么不知道你这么能干!"不等她说话他瞄了春知一眼继续说,"春知就没有你这样的本事。"

"是你低估她了,"她也扭脸看看春知,"春知上大学时就已经自己创业,她开补习班一个暑假就赚十几万,这些你都不知道吧?"

"运气好而已,"他颇不以为然,"她又不喜欢出门,又不擅长交际……做家庭主妇比较合适……是不是春知?"

春知对他们笑笑，没有作声。

"不过女人还是笨一点好，我最喜欢春知的地方就是她比较笨，但是很勤快。"他十分得意。

"听人家说男人如果真爱一个女人就会觉得她笨。"尹桢不想令春知难堪，笑嘻嘻说道，"可见你是真心爱她。"

"那当然，我对春知的爱至死不渝。"他大言不惭。

那天以后，尹桢与徐春知的来往少了许多，春知在家里的样子总让尹桢不自觉想起包医生在婚礼上说的那番话，何必那样隐忍？同样叫她如坐针毡的还有杜北，那样好看的皮囊下面包裹的不过是一团鄙俗不堪的灵魂，初见时的礼貌客气不过都是伪装。

接下来，尹桢遇到了更恶心的事。

周末尹桢跟同事们去 KTV 唱歌，在门口遇见了杜北，彼此打了个招呼便进到各自的包房。过了没多久，杜北拿着一瓶酒推开了尹桢包房的门："大家好，我叫杜北，是尹桢的朋友。"当时尹桢正在唱歌，对他挥挥手示意他坐下，等唱完回到座位，他已跟她的同事打成了一片。尹桢注意到她的助手小牧正崇拜地看着杜北。

"你把怀孕的老婆一个人扔在家里出来玩是不是不太合适？"喝了一口酒后尹桢笑着问他。

一旁的小牧眼神立刻暗淡了许多。

"你以为我喜欢出来啊，应酬，没办法。"说着话，他起身给小牧的杯里倒一点酒。"来来来，大家初次见面，喝一杯。"

小牧伸手去挡："够了够了。"杜北很自然地拉住她的手："放心吧，喝多了我会送你回家的。"多么赤裸的撩拨，这还不算，喝过酒之后杜北拿起手机："来来来，大家加个微信，以后有朋友出去旅行我好方便找你们。"说完对着小牧说："我扫你。"

　　那一刻尹桢替春知感到羞耻。

第7章

第二天，小牧没有来上班。尹桢给她打电话，电话里她说昨晚自己扭了脚，医生嘱咐休养一个礼拜。又过了半个月，尹桢收到了她的辞职报告。

几天以后尹桢接到春知打来的电话，她说肚子很疼，让尹桢送她去医院。尹桢不敢怠慢，立刻安排她住进包医生工作的医院，办完了住院手续，问她："杜北呢？"

"几天没回家了，打电话总是关机。"春知落下眼泪。

尹桢叹了一口气，其实她一早已经预感到杜北不是善类，可是却无力阻止，命运有时候真是奇怪的东西。

那天晚上春知生下了一个女孩儿。孩子皮肤白皙，顶着一头乌黑的头发，长得跟她妈妈一模一样。春知妈妈一个人在病房陪护，直到第二天早上尹桢赶到医院都没有看到杜北的影子。

"简直不是人。"尹桢气愤难当。

春知红了眼圈儿没有说话，她妈妈倒在一旁劝解："男人在外头应酬多，难免顾不上家里，夫妻两个应该互相理解。"

"下一句您是不是要说，他辛辛苦苦也是为了这个家？"尹桢终于忍不住怼回去。

春知妈妈愣了两秒："是啊，男人也不容易。"说完没多久，她扭身过去抹掉了腮边的眼泪，大约实在替女儿伤心。尹桢突然明白过来，春知的悲剧正是源于她有这样一个懦弱的妈妈，换了包医生，可能已经拿起菜刀去砍人了，究竟怕什么呢？

孩子满月那天她去看望春知和孩子，在地下车库等电梯的时候跟杜北撞了个正着。看见尹桢，他先是一愣，继而像往常一样跟她打招呼："你来啦，最近真是辛苦你了。"

"应该的。"尹桢淡淡地说，"你倒是忙的有点儿不是时候。"

"我……"他瞄了她一眼，"没办法，赶上了，公司事儿特别多。"接着他电话响起来，走到一边去接，还不忘向她解释："这儿信号不好……你先上去。"看他鬼鬼祟祟的样子就知道是什么人打来的，尹桢不知道哪来的灵感，掏出手机拨出了小牧的电话，占线。

杜北回来见尹桢还站在原地，干巴巴地笑了笑："电梯还没来呀。"

"来了，我没上去，等你。"尹桢看着他的眼睛说，"跟谁打电话？小牧吗？"

他突然变了脸，轻蔑地看着她说："你算老几？徐春知都不配打听的事儿轮得着你来问我？"

"你说对了，春知当然是不配问，这世界上没有几个人配得上你的自私跟下流，外表装得像个正人君子，其实心里又脏又臭又下作，真是浪费了这套好皮囊……"尹桢用轻蔑得不能再轻蔑的口气嘲笑他，"照镜子的时候你是不是还误以为自个儿是天之骄子呢？其实你骨子里就是一臭流氓！你是不是还以为自己演得特别真别人压根儿看不出来呢，我告诉你杜北，从一开始我见到你，就知道你是一个人渣，你骗得了春知骗不过我……一早就防着你！"

被拆穿了真面目，杜北反而释然了，松了一口气更加无赖地笑了笑："那又怎么样，你去问问徐春知，她舍得跟我离婚吗？"

尹桢顿时泄气败下阵来，他说的没错，她不是徐春知。

电梯来了，杜北进去之后没有马上关门，等着尹桢走进去。尹桢的心情跌到了谷底，像和他同流合污一般地嫌弃自己。

见到尹桢跟杜北一起回来春知有些意外："你们两个怎么一起上来了？"刚生完孩子的她依然很瘦，比以前更瘦。

"哦，地库碰上了。"杜北仍习惯性地把手里的东西递给春知，然后走到床边看了一眼孩子，真的只是看一看。

"这几天怎么样？"尹桢拉着春知走到卧室，俯身去看熟睡的婴儿，"好像长胖了。"

"尹桢，我想离婚。"

尹桢吓了一跳，定定地看着她说："想好了？"

"嗯，"春知眼泪一下子流了出来，"经过这一年多，我已经看清了他的真面目，不能再这么下去了，我还有孩子。"人家已经赤裸裸撕掉伪装，图穷匕见，再忍下去能怎么样，期待他立地成佛吗？他若珍视你，即便是伪君子也会在你面前伪装一辈子。

不难想象杜北看到春知拿出离婚协议书的样子，他的狂妄、自恋还有扭曲的自信被逆来顺受的春知撕得粉碎。短暂的沉默之后他破口大骂："你有什么资格跟我离婚？你不去照照镜子看看自己现在什么德行，居然有脸跟我提离婚？"他抄起桌上的遥控器砸向春知，被春知躲过以后又扑上来一把拉住春知的头发，将她拖倒在地，狠狠踢了几脚……几年以前在春知老院子的一幕登时浮现出来，尖叫，鲜血，哭声……尹桢的耳朵嗡嗡作响，大脑突然变得一片空白，用尽全身的力气将杜北推倒在地。"再敢动徐春知一下，我就把你送进监狱！"她发了狂一般地大喊，"再敢动她一下你试一试？我爸爸是尹国栋律师！"看，有个好爸爸多重要，危急关头，尹国栋三个字总是最具威慑力的武器。

尹桢一边拉起春知一边颤抖地掏出手机报警……

孩子在卧室哭起来，春知跑去照看。客厅里，只剩下她和杜北，他因愤怒而涨红的脸叫人生厌。

杜北从地上爬起来，犹如斗败的公鸡，一屁股坐在沙发上："想离婚，给我一千万。"他挑衅地看着尹桢。

尹桢冷笑："你值吗？"

"不给钱休想离婚！"

"那么法院见！"尹桢知道，面对这种恶人若有丝毫的怯懦，他就会把你连皮带肉一口吃下去。

第 8 章

　　尹国栋律师全国十大杰出律师的名号可不是白给的，在尹家父女帮衬之下，春知耗时一年顺利地打赢了离婚官司。杜北出轨的照片、开房记录、微信上跟若干女性露骨的聊天内容通通出现在法官面前，杜北作为过错方在财产分割中理所当然处于劣势，杜北索性主动放弃两人的共有财产，以此交换女儿的监护权。孩子是春知的软肋，她立即放弃所有补偿性财产，只分得半数共有财产。大部分时候法律会保护好人的权利，但有时会成为坏人的武器，尹国栋父女都明白，假使杜北再坏一些，为了孩子春知净身出户都是有可能的。即便这样春知仍然很高兴，离开即解脱。单身妈妈虽然辛苦，也好过做杜北的老婆既辛苦又要忍受他的暴力过生活。

春知就是这点好，过去的事情她就不去再想，不像尹桢，表面上看起来大大咧咧，其实内心里总是喜欢纠结过去，假使当初怎么怎么样，现在会不会不同……既解决不了问题又影响心情。春知遇到事情总是一副六神无主的模样，实则内心坚定。

离婚以后的春知开了一家日料餐厅，一天到晚忙到飞，经常十天半个月都捞不到她的人。

春知的女儿诺诺上幼儿园之前，春知妈妈确诊了胰腺癌，发现的时候已经是晚期，没有手术的必要了。春知除了忙生意就是回家陪着她妈妈，顾不上孩子，照顾诺诺的责任就落在尹桢头上。诺诺从三岁上了幼儿园之后就基本住在尹家，这几年下来尹桢在工作上没有长进，育儿经验倒是积累了不少，公司里的新手妈妈遇见问题倒是全都跑来问她，想来真是滑稽。

照顾一个孩子，使尹桢的内心更加温柔起来，仿佛她成了一个母亲，感受到许多生活的不易。

诺诺住到尹家半年以后，她姥姥去世了，春知从此成了孤女。虽然春知的爸还健在，但这么多年没有往来，比没有还不如。

孩子已经习惯了跟着尹家生活，尹桢怂恿春知干脆也搬来一起住，她们两个人再加上尹桢的父母，一下多出好几双手，大家都不至于太劳累。

转眼诺诺已经六岁，长成了一个活泼开朗的小姑娘，每个人都对她视若珍宝。对周围的所有人来说，她就像上天送来的礼物，人美嘴甜。诺诺三岁时对美人鱼着迷，每一次紧紧抱着尹桢都会说，我爱你呀桢桢，为了可以跟你在一起，我宁愿不做美人鱼离开海洋。尹桢假装不相信，别骗我了，我又老又丑哪有那么大的魅力，她就捧尹桢她的脸说，不是的桢桢，你和我妈妈都是世界上最美丽的女人……尹桢每次听见她这样说感觉自己马上就要化掉了。尹国栋律师更是离谱，时不时就会看着诺诺对尹桢感慨一番："我一看见这孩子就想起你小时候，每天我一进家门你就手舞足蹈地扑上来，爸爸长爸爸短地叫。我这一辈子，最大的成功就是当了爸爸，有了一个女儿。哪知道闺女长大了，就没空搭理我了……谢天谢地你给我带回这么个外孙女，你让爸爸有机会再活一次……"他越说越动情，居然红了眼眶。

尹桢提醒他："人家诺诺有姥爷，你别过于自作多情。"

"我不管，她就是我外孙女，谁也别想跟我抢。"

尹桢总是在背地里对春知说，谢天谢地诺诺身上没有一点儿杜北的影子，从五官到举手投足之间，全都是缩小版的春知。同时尹桢心里存着一个巨大的困惑，就是不管她的心情多糟糕，每次看到诺诺都有一种熟悉的亲切感，一看见她眼睛里的光芒就觉得生活只有美好没有烦恼，这个孩子像是上天借由春知的肚皮派给她的红利。

尹律师和包医生的结婚纪念日那天，尹桢在春知的餐厅订了位子请他们吃饭。春知知恩图报，特意安排了厨师从日本飞过来做菜。尹爸爸感动得热泪盈眶，他也是吃过不少好东西，见过大场面的，可见他很看重春知这份孝心。看到尹爸爸那样动情，春知淡淡地笑着说："这么多年你们一家对我恩重如山，我在心里一直把您当作我自己的父亲看待，这是女儿对您的一片心意。"

尹桢马上抗议："这么会说话，一下就把我比没了。"

"什么时候遇到合适的人，好再成个家了。"包医生看着春知说道，"不要跟尹桢学，她是变形金刚，金属做的。"说着还白了她一眼，"我没说错吧，女壮士。"

"自己是个工作狂，还好意思说别人是女壮士。"尹桢怼回去。

"好歹我还生过孩子。"

"我的恋爱史也可以写成一本书了好嘛！"

几杯红酒下肚，尹桢开始胡闹，问了一个尴尬的问题："人家不是都说夫妻在一起生活几十年至少有过几百次要砍死对方的想法，为什么你们结婚三十多年从来没听你们说过要离婚？"

两个人看着对方愣了半天，最后还是包医生开了口："想听真话还是假话？"

"假话。"

"我跟你爸互敬互爱，谁也离不开谁，我们永不分离。"

"谢谢，"尹桢笑着说，"终于明白这么多年我说瞎话张嘴就来的本事来自你的遗传。"

"不客气。"包医生跟她丈夫碰了碰酒杯饮尽了红酒，看了看手机说，"你们慢慢吃，我下午还有会诊。"她一向是工作第一。

她走了以后尹桢对父亲打破砂锅问到底："说真的，你爱她吗？"

"谁？"尹律师明知故问。

"还有谁，我妈。"

"爱呀，怎么不爱，不爱怎么能在一起过三十多年。"他笑着说，很坦然。

"你有没有背叛过我妈，爱过别的女人？"尹桢得寸进尺。

"这个……怎么说呢……"他有些吞吞吐吐，"动心的时候是有的……要说爱……多少也有一些……但是我从没想过背叛你妈，这种事儿我是干不出来的。"

尹桢坏笑兮着他："从没想过背叛，跟有没有过背叛是两码事哟，你没有正面回答我的问题。"

尹律师忽然红了脸，嗔怪地瞪了她一眼："别没大没小！"顿了一阵又说，"我想给你换辆车你看好不好？"话音落下，看了一眼春知，"春知也换，爸爸给你们每人换一辆新车，好不好？"

春知不好意思地拒绝道："您给尹桢换吧，我那个车开时间长了，有感情。"

尹桢瞪她："你不换我哪里好意思打劫他！"

春知就笑："叔叔给我已经够多了。"突然落下眼泪，"怎么好意思再让您花钱。"

"钱财都是身外之物，我年轻时那么努力，不过也是为了现在含饴弄孙享受天伦之乐。有你和尹桢在跟前，我留那么多钱干什么！"接着他大手一挥，"买！一人一辆。"

第 9 章

尹桢开着新车上班的第一天就被人追尾。对方是辆豪华商务车，司机态度相当傲慢："撞车很平常的事，都有保险，你去修就是了。"

尹桢最恨这种人，浪费了别人的时间连句对不起都没有。一怒之下尹桢上前拉开他的车门，冲着他说："修车的事儿先放一边，我现在请你下车，向我道歉，跟我说一句对不起！"顿时一阵酒气扑面而来。

"不是，你是不是有毛病啊，"他关上车门，车窗落下一点空隙，"我跟你说十句对不起有什么用，撞都撞了，赶紧通知保险公司是正经。"说着去翻保单打电话。

"你酒驾，"尹桢冷笑，"我要报警。"

这时驾驶位后面的车窗落下来,车里的人说:"这位女士您贵姓啊,我怎么好像在哪里见过你。"

循声望去,车窗里弹出一个瘦长黝黑的面孔,留着寸头,穿一件黑色的圆领T恤。尹桢摘下墨镜歪着头打量他许久,确定不认识这个人之后深吸了一口气走到他旁边说:"开始玩套路是吧?你这种套路姐姐见多了。你们酒驾,撞了车还有什么好说的……"一边说着一边掏出手机来准备报警,对方见状忙不迭下了车。"哎呀哎呀这位姑娘,你那么激动干什么,见过就见过,没见过就没见过,火气不要那么大。撞了你的车确实是我们不对,我们也没说不赔是不是。"他重新拉开车门,从包里拿出一张名片,压低声音说道:"司机是我的朋友,好几年没见了中午高兴,喝了两杯,请您高抬贵手。我们愿意赔钱,您说个数儿,万事都好商量。"一边递上名片,一边提高了声音,"我是搞玄学研究的,有兴趣的话上网搜我名字了解一下。"

这种谦卑又骄傲的带有暗示性的语气叫人听着耳熟,尹桢不禁重新端详起他来。蓦然记起十几年前周庄的一幕,低头看看名片,看到上面赫然印着张大鹏三个字,尹桢不禁笑了:"真是狭路相逢。"

他一愣:"这是从何说起呢?"

"十二年前你在周庄骗了我们一顿饭!忘了吧?"

张大鹏松了一口气,无比兴奋地拍了拍手掌:"我就说咱们在哪儿见过!"话音落下,驾驶座的玻璃落了下来,司机探出头来戏谑地看着他们俩说："他乡遇故知，多难得！你晚上有空没有，咱们一起吃个饭。"

"不是，这么些年了，你还没被抓起来呢！"尹桢瞄了一眼司机，"别说还真是长进了哈，以前一个人骗，现在改团伙了。"

他显得很无奈。"你这话说的！我告诉你，《易经》是一门科学。再说这是我客户……"他扭脸看看司机，"你看这样行不行，咱换个地方说话。放心，你这车我们保证赔。"

尹桢看向司机，司机也正看着她，两个人就那么互相看着僵持了一会儿。终于对方败下阵来，拉开车门跳下车，道歉："对不起，看在你们是老相识的分儿上，请您高抬贵手放我一马。对我的态度还满意吗？"

尹桢不免有些得意，忍着笑。

"想笑就笑出来。"司机瞄她一眼嘟囔着。

"干吗要笑啊，有什么好笑的，我这新车，第一天开出来就让你撞了！"尹桢不得不重新拉下脸来训斥他，"你有什么了不起呀，酒驾还这么牛！"

"我说我牛了吗？"

"你是没说，但是你态度在这儿摆着呢！"

司机还要再说，被身旁的骗子一把拉住："少说两句，少说两句，都少说两句……"接着再扭头跟尹桢商量，"咱换个地方说话行不行？好歹咱们也算故友，给我一点面子。"

晚上，尹桢带张大鹏到春知的餐厅吃饭。

尹桢还依稀记得十二年前他穿布衫的样子，光头，脸上泛着油光。这些年看来他是没少骗人，不仅人瘦了，居然多了几分精英气质。到了餐厅，尹桢再三提醒之下春知愣是没认出来他是谁，等到尹桢公布张大鹏的身份，春知连说不可能，那个人当年就有四十多岁，现在怎么也得五十多了。

　　"我这个人从小就比一般孩子显老。"他自嘲地笑起来，倒叫人顿生好感。

　　"真是不敢想象。"春知不停感叹。

　　张大鹏端详了春知一会儿颇得意地说："我说什么来着，人的命运是掌握在自己手里的。你看你现在，面若桃花呀，苦头是吃了一些，现在不也挺好的吗？"

　　"你还真没把自己当外人，两次见面加起来还没多长时间，弄得好像你们俩认识了多少年似的。"

　　"职业病。"接着他说，"我朋友心情不太好，今天早上的事，多有得罪。"

　　"看得出来是摊上大事儿了，要不也不至于早上就喝那么大。"

　　"你这人……有必要那么挤对人家嘛，谁大早上起来喝酒啊？昨天晚上喝的，不过确实喝的有点儿太多。他父亲病了，癌症，心情不好多喝了几杯。谁都有父母，理解一下。"他突然从背包里掏出张卡来塞给尹桢，"李总让我给你带张购物卡，让你自己买个礼物压压惊。他本来要来的，都出门了老爷子打电话让他回家吃饭……"

春知登时来了兴致："谁是李总？"

"一个酒鬼。"尹桢不客气。

"能不能不闹？"张大鹏拿她没有办法，"你要不愿意叫人李总……"

"我凭什么叫他李总，他又不是我老板，我跟他又没业务。"说着话把卡扔回给张大鹏，"我才不缺卡呢，给我修车就行了，谁叫咱是老相识。"

"这还差不多。"他笑着收回那张卡，"李总其实人不错……"

"你哪年的？"尹桢根本不想再提那个人。

"嗯？"

"你多大？"

他尴尬地笑笑："总之比你大就是了。"

"有人说过你逆生长吗？"

"都这么说。"

"瞅你这意思，这些年没少骗啊？"

"我最反感这个骗字！"他皱了皱眉，"跟你说了一千遍了，《易经》是科学。"

"就没别的？"

"心理学多少也得懂点儿。"他端详着尹桢，"你要注意了，最近恐怕会遇到老朋友。"

"已经遇到了，你不就是。"尹桢开始调皮。

他摇头："不一样不一样，你遇到的是真正的老朋友。"他笑得十分暧昧。

"真的？"

"我从不骗人。"

"什么样的老朋友，男的还是女的？"

"天机不可泄露。"

尹桢撇嘴："骗子都这么说。"

出门的时候，张大鹏将春知叫到一边，嘀嘀咕咕不知说了些什么，春知虔诚地看着他不住点头。等春知下班，尹桢拉她到自己的公寓，路上问她骗子跟她说了什么，春知支支吾吾半天说没什么。

第 10 章

说句老实话，像尹桢这样的人，虽说年纪大了点，但也不是没有人追。早几年，她跟一个设计院的男孩交往过一阵，那个男孩高高的个子，总穿着蓝色牛仔裤和白色 T 恤，背着一个黑色的双肩背包，像个高中生。

两个人在飞机上认识。他比她早一点登机，坐在她左手边靠窗的地方，戴着一顶深蓝色鸭舌帽，坐下后两人只是互相点点头，并没有过多地交流。

起飞以后机舱灯光熄灭，大部分人开始小憩，突然传出一声尖叫，前排的女士指着她身旁的精壮男子对小跑而来的乘务员说，这男的将手放在她屁股下面对她进行骚扰。精壮男子当然否认，两人便在机舱里吵嚷起来，男子激动地骂骂咧咧，几乎挥拳打向那位女士。此时坐在最外侧的老先生开了口："自打灭了灯他就在姑娘旁边鬼鬼祟祟，我眼见他把手搭在姑娘腿上，姑娘放了个水杯在腿上，他绕过水杯继续把手搭过去……我年纪大，实在不懂这是什么行为！"周围乘客哗然，怒斥男子，他气急败坏，居然举拳挥向老者……电光石火之间，尹桢身旁这位勇士猛然起身从身后拉住流氓手臂，狠狠教训了他。大家拍手叫好之余，打架的两人分别被带到其他座位，飞机落地后被警察带往派出所。摆渡车门前，勇士拉住尹桢递过一个盒子并一张字条，说："盒子里是帮同事妈妈带的药，你到出口麻烦打这个电话，把东西交给我同事。"

"很荣幸我能帮到你。"尹桢崇拜地看着他。

没想到，他一下子红了脸，捂着眼睛说："别闹，什么时候了你还有心思撩我。"说完拍拍她的肩膀，"多谢！"尹桢心说咱俩到底谁撩谁！

尹桢没有马上登上摆渡车，转而看着他跟警察上了警车。

对张迪油然升起好感并不是在他路见不平拔刀相助的那一刻，而是在他捂着脸害臊地怪尹桢撩他的时候。那一瞬间，看着他那样的动作和神情，这个老姑娘荒芜的心田仿佛迎来春雨——是时候谈一场恋爱了。

寂寞男女在恋爱这件事上是很容易一拍即合的。

单独吃过两次饭以后，尹桢主动牵起了他的手。牵手这件事她在心里斗争了很久，自己年纪比他大一些，主动一点的话他应该不会抗拒，最主要的是她知道他是喜欢她的。于是那一天在吃过晚饭去往停车场的路上，尹桢压抑着内心的兴奋，大胆地向他伸出了"邪恶"的左手……勇士的大脑大概是有过几秒钟的空白，她感觉到他的脚步停了一下，然后就若无其事地被她牵着手走了一阵。回想起来那真是很可笑的过程，两个人牵着手走路，就好像那只手都跟自己没有关系。走了一阵，勇士终于忍不住笑了出来，那是怎样肆无忌惮的笑啊，直笑得周围人都停下脚步诧异地看着他俩，而尹桢就一直尴尬地站在他对面，手足无措地接受了这一切。然后奇迹发生了，他抹掉了眼角笑出来的眼泪，重新牵起她的手，大步向前走……

他们就是这样好上的。你永远不知道下一刻会遇见谁，你们之间会发生什么。

他们分手也很有戏剧性。

那时尹桢跟勇士已经交往了近两年，不是不相爱，只是两个人相处久了有些乏味，于是有了一次短暂却深刻的交谈。成熟的人在一起就是有这种好处，不必因为心头积攒的郁气大动肝火，指桑骂槐，甚至做出摔东西、互殴这种低级到家的事情。

谈话在一个向阳的山坡上进行，两人席地而坐，对着空谷。

他问她："你有什么好的建议？"

她摇摇头表示无可奈何。

"要不结婚？"他的表情告诉她他是认真的，并且很有诚意。

"削足适履啊？"

"我不想失去你。"

那天两人在一起分析了很久很久，关于他们的感情由浓转淡到底是怎么一回事，最后得出了结论，似乎那段时间两个人都太忙了，情绪都不太好。最后他们决定给自己减压，等完成手头的工作一起出去度个假借以挽救这段感情。

分别的时候他们拥抱了彼此，约定永远不分开。

第 11 章

晚上尹桢失眠，拉春知聊天，把苦恼一股脑地倾诉给她，请她帮忙分析到底出了什么事。春知就像个木头人，任由尹桢东一嘴西一嘴地说个不停，不肯发表任何评论。

"你到底听没听我说呀，给点儿反应有那么难吗？"尹桢生气了。

春知看着她想了又想，最终开了口："我说了你可别哭……"

"你怎么知道我想哭？你说不说我都要哭，我特别难受，心里像堵了一团东西……"尹桢一边说，一边真的哭了起来，鼻涕眼泪一大把，直哭得昏天黑地，春知每劝一次她就哭得更加厉害。

"他就是太完美了，智商情商都是一流。"接着春知叹口气，"可是你不爱他呀，有什么办法？你把眼泪哭干了也还是不爱他呀，能怎么办呢？"

一语惊醒梦中人，这么痛苦原来是因为不爱他。一点儿也不爱是不可能的，毕竟他那么好，就像逛街逛到最后，口袋里只剩下一百块钱，遇见一件价钱、颜色、款式和面料都喜欢的衣服，可是明显不适合你，买还是不买？勇士对尹桢大概也是这样的感觉。

不得不说，经历了和杜北的婚姻之后，春知变得勇敢且睿智。一脚踩进泥潭，挣扎着爬起来洗干净污秽重新做人，说的就是她这类人。

凌晨时分，尹桢和春知离开酒吧在街头踟蹰。不知道为什么春知提起了岳鲁阳："如果没有岳鲁阳，你还会不会这样难以抉择？"

"不会。"尹桢老实地回答。

春知重重地一声叹息，没有再说话。

第 12 章

对于没有跟岳鲁阳一起去加拿大这件事，尹桢是后悔的，从他离开的时候就开始后悔了。他们只交往了三年，而尹桢用了十年的时间来想他。

岳鲁阳比她高一届，他一早就打算好毕业了要去加拿大，尹桢答应跟他一起去，就像包医生说的那样，岳家为他们俩安排好了一切。直到出发前的一个星期，尹桢都还沉浸在对即将开始的新生活的憧憬当中。

那天夜里尹桢醒来觉得口渴就到冰箱拿了一瓶水，经过书房无意间听到父母的谈话，具体说，是包医生在安慰痛哭的尹律师。

"……女儿并不是我们的附属品，她是独立的个体，早晚要飞走过她自己的生活。你一个大律师，生生死死都见过那么多了，怎么因为这点儿事哭成这样？"

接着是尹律师哽咽的声音："她是我女儿啊，从来没有离开家那么远。她从小娇生惯养的，到了那边，岳鲁阳对她不好怎么办？以她的性格，她只要跟这个小子走了，受多大委屈都不会跟我说。人家要是欺负她怎么办？"

"哎呀，你真是杞人忧天。"包医生耐着性子继续开导他，"岳鲁阳的品行咱们都是考察过的，你还有什么不放心？倒是你闺女不叫人省心，她不欺负人家就不错了！"顿了一会儿又说，"不是我说，从这孩子一生出来，你就叫她给拿住了，一拿拿了二十年，她这一走，你该高兴啊！从今往后，在咱们家，你就可以翻身做主人啦，你想干什么就干什么，多开心！不像以前，你想干点儿什么事儿还得跟她报备，她说怎么着就怎么着……"

"我不开心……我就愿意尹桢在家里，一辈子在家里。"

"她年纪大了要嫁人的呀。"包医生说。

"不是还没到非嫁不可的时候嘛！在家里多待一天算一天。"

"我跟你说尹国栋，听人劝，吃饱饭，你的痛苦除了让你自己难受解决不了任何问题。孩子那么大了，你总是把她拽在身边干什么呢，你把她推出去，她才能飞得高。"

"我什么都能给她，我这大半辈子挣的钱也够了，就算她将来不学无术，她去挥霍也够了！"这个可爱的爸爸，固执得像个孩子。接着传来他擤鼻涕的声响，接着说："天一亮我就给岳鲁阳打电话，告诉他我们闺女不跟他走。要是真心爱我们尹桢，他就一块儿留下来。"

"你这不是不讲理嘛，人家是要去念书，为了给你女儿一个更好的将来。"

"我才不管什么将来，我都这岁数了，谁知道明天发生什么事儿，我就要现在，就要我女儿留在这个家里。"

"就算他答应留下，怎么跟人家家里交代？"

"我管他跟家里怎么交代！"那样受人尊敬的专业人士一旦撒起泼来与街边老汉无异。

包医生说服不了，也劝不动他，打算放弃了。听见她的脚步声尹桢慌忙跑进卧室，蒙上被子装睡。第二天一家人出去逛街帮她采购到那边的必需品，尹律师表现得再平常不过，帮着尹桢在服装店里挑挑拣拣，全然没有一点昨晚痛哭过的痕迹。尹桢知道爸爸爱她，尽管不舍得，但他愿意隐藏起悲伤，独自在深夜里晾干那些眼泪。

彼时的岳鲁阳正忙着和亲戚们见面吃饭作短暂的告别，尹桢叫他出来见面，告诉他去多伦多的事情她需要再重新考虑。岳鲁阳猝不及防，问她："学校都找好了，怎么又不想去了？"

尹桢并没有提到爸爸痛哭的事，只说她的人生规划中原本没有出国念书这一项，当时答应跟他一起去大约是一时糊涂，现在自己不确定是跟他去国外念书还是留在国内把大学念完。

岳鲁阳听了这番话沉默了许久，他问她，我们怎么办？

尹桢很难过："如果我不去，我就在这儿等你回来。"

岳鲁阳当时笑了，很无奈地摇摇头："这不是儿戏，尹桢你要考虑清楚。"

　　"我已经想好了。"

　　"回去好好睡个觉，明天早上给我打电话。"

　　"你以为我昏了头了把你叫出来？"她忽然生气。

　　"我以为你太焦虑了，不知道该做点儿什么就开始胡思乱想。"岳鲁阳揽住她的肩膀，"放松点儿。"

　　"是不是如果我不跟你走，我们就不能再谈恋爱了？"

　　"如果我不回来呢？"

　　"我就等到你回来。"

　　"尹桢你怎么这么幼稚。"

　　"如果你爱我，就会尊重我的决定。"

　　"如果你爱我，就不会突然反悔让我一个人去国外！"岳鲁阳忍住怒气一字一句说得斩钉截铁。

第 13 章

一件事情如果陷入死循环，那就很难办了。在出国前的几天时间里，这个讨论只存在于岳鲁阳和尹桢两个人之间，在岳鲁阳确认无法说服尹桢之后，他把这件事公开了。这件事无异于热油锅里被人撒了一把盐，岳家彻底炸了锅。

第一个来找尹桢谈话的是尹律师。他说："尹桢你要有点儿契约精神，说好了的事情怎么随随便便就不去了呢！你长这么大了，应该自己出去闯荡啊，况且是跟你爱的人并肩闯荡，你多幸运啊。尹桢你是不是害怕呀，从来没一个人出过远门，你是不是心里没底？我告诉你，你不能总是活在父母的庇佑之下，你要自己出去飞呀。要是实在担心，爸爸可以送你过去，甚至可以陪你在那边住上一阵子……"

尹桢端详爸爸对自己说话的模样，怎么也想象不出那天夜里他近乎绝望的哭号的样子。然后她对爸爸说："如果他真心待我，就不会在乎我是不是跟他一起去国外。"

接着是岳鲁阳妈妈找上门，起初是带着克制和一点客气地询问出了什么事，聊到最后大家都已经没了耐心。这个穿高跟鞋、瘦削、留着一头波浪卷发的女士开始痛斥尹桢的出尔反尔，话也开始说得不中听："你也太过分了尹桢，我们家为了你上上下下打点好这些事，不过是为了岳鲁阳，他是我的儿子，我们不得不尊重他的意见罢了，你当自己是什么人可以这样践踏我们的尊严。"

尹桢是理亏的，只有嗫嚅着道歉："对不起，给你们添麻烦了。"

转过脸她开始训斥尹律师："不瞒你说尹大律师，我们朋友圈里也有几个独生女，论样貌、修养也不见得比你们女儿差，我还从来没见过像尹桢这样的孩子，未必你们将来不是害了她。"

尹律师不悦，瞟了女儿一眼之后含笑说了一句："将来的事就不劳你费心了。"

岳家妈妈立刻高声叫嚷起来："你有什么可牛的，不过就是个小律师！"转脸又对着尹桢训斥："还真以为自己是千金小姐端起架子来了，不过是叫你过去陪读。"

话说到此时，显然已经升级成了家庭矛盾，尹桢哪里受过这个气，岂肯服输？于是上前一步将正欲还击的爸爸挡在身后，说："说到千金小姐的架子我这种小门小户出来的孩子自然是端不起的，不能跟您比，不仅出身高贵，还有勇有谋，听说当年是偷了家里的户口本跟岳鲁阳爸爸结的婚？一家子人都没拦住……"

在一旁的尹律师可能也觉得女儿话讲得重了，喝断了她："尹桢！你怎么跟长辈说话的！"

"长辈？哪个长辈跑到别人家里指着别人家女儿说陪读这种话？她年轻的时候还陪睡呢！"

话音落下，一个巴掌落在尹桢脸上。"没有教养！"尹律师铁青着脸骂道。

父女僵持的当口，岳家妈妈冷哼了一声，转身走了。

偌大屋里只剩下父女俩，两个人都不知所措。看得出来，尹律师余怒未消，却也因为打了女儿有些懊悔。"不去就不去吧。"最后还是他先开口，"免得在外面受委屈。"然后就走了出去。

尹桢回到卧室，把已经打好包的行李一件件拆开，东西拿出来一件件放回原来的地方，洗了个澡，蒙头睡去。梦里，岳鲁阳开车带着她行驶在国外的高速公路上，漫山遍野都是血红的枫叶，两人听着音乐说着笑话，一路欣赏着风景一路前行。

第二天她一直等着岳鲁阳的电话，并且酝酿好了要如何讽刺他有个大小姐做派的妈妈，然而他一天都没有给她打电话。第三天、第四天也没有。第五天，尹桢给他打电话，他已经关机了，托春知去打听，才知道他提前出发去了加拿大。

那以后很长的一段时间，尹桢多次试着拨打辗转得到的岳鲁阳在多伦多的号码。每一次，只要听到她的声音岳鲁阳都毫不犹豫地挂断，但她坚持每周往那个号码上拨一次国际长途。终于有一天，听筒里传来一个女孩子的声音："你是尹桢吧，岳鲁阳让我告诉你，以后不要再打电话过来了。"

尹桢的心死了。

回想这件事，最初她向岳鲁阳提出不去加拿大，其实是处在可去可不去的阶段，不想去，但也并不表示她一定就不去。她至今没有想明白自己是怎么一步一步跟岳鲁阳走向了对立，又怎么闹到了后来的不可收拾，以及最终的不相往来？她无数次在寂静的深夜里回想这件事的每一个细节：先是听见了父母的谈话，得知他们心里是不希望尹桢跟着岳鲁阳走的；之后她约岳鲁阳出来，试探性地跟他说，她想重新考虑出国的事；再接下去，岳鲁阳提出他感情的问题，如果尹桢不跟他走，他们的爱情怎么办？似乎这是他们分歧的第一个焦点，尹桢认为自己可以在国内等他回来，岳鲁阳虽然没有言语上的表态，但从神情可以看出他认为这是不可能的事。接着他向尹桢抛出了一个新的问题，如果他不回来怎么办？尹桢说会等到他回来，岳鲁阳不相信尹桢可以等到他，甚至带有威胁意味地暗示他可能从此不会回来，而尹桢怎么可能接受这样的威胁？不回来的意思不外乎就是两个人自此分道扬镳，分手而已，有什么大不了的？

应该说，如果没有后来岳鲁阳母亲的登门造访，也就不会有他们之间那么激烈的冲突。没有他们之间那么激烈的冲突，尹桢也许最终还是会跟着岳鲁阳去多伦多，但正是因为岳鲁阳母亲的登门造访，造成了他们之间激烈的冲突，那样激烈的冲突之下，尹桢纵有悔意，怎么可能再跟岳鲁阳一起出国？从这一点可以看出，岳鲁阳母亲的那次登门是整件事情的转折点，她也是尹桢和岳鲁阳分开的罪魁祸首。而她之所以登门造访，是因为岳鲁阳向家人坦白尹桢不能跟他去多伦多，从这点来说，似乎岳鲁阳才是导致这场分手的根本人物，他做了极其愚蠢的选择，不该将两个人之间的谈话透露给他的家人。可是，平心而论，当时当刻，除了坦白一切岳鲁阳能有什么办法呢？这么看的话，似乎尹桢才是这次分手事件的责任人，然而她只是无意中听见了父母的谈话，内心起了一点点的波澜从而影响到了情绪，并且在这种情绪支配之下随口对岳鲁阳说了那些话呀。如果岳鲁阳当时没有向她提出那些问题，他们之间就不可能出现那个不可调和的矛盾。如果他当时问尹桢突然改变主意的原因，并且给她一点安慰，哪怕什么都不说，只给她买个冰激凌或是拉着她的手让她平静几分钟呢，也许她的那点情绪就被消化掉了……所以尹桢得出结论，他们的分手，包括后来这十年当中自己所经历的诸多坎坷都是岳鲁阳一手造成的……以至于尹桢很多次在心里想着：也许他那时候并不是真心想带我一起去多伦多吧，也说不定他早就想跟我分手了……只有这样想尹桢的心里才会好过一些。

有时候尹桢问自己对岳鲁阳有没有怨愤，说没有是骗人的，即使有，她仍愿意等到他回来。说到底，在这段爱情里，她仍是任性的孩子。

第 14 章

尹桢的助手林琳是个泼辣的姑娘，她总是旁敲侧击假装说些别人的事情来影射尹桢。比如有一天茶水间只有她们两个人，林琳一边对着咖啡杯吹气，一边漫不经心地说："老大你有没有见过那种人？"

"哪种？"尹桢一边沏茶一边问。

"就是有些条件很不错的女人，她们被男人抛弃了以后，任追求的男人踏破了门也不肯再嫁。"

尹桢忍不住停下手里的动作看着她："然后呢？"

"你知道她们为什么不再嫁？"

"不知道。"

"自虐。"一个二十七岁的姑娘扁着嘴皱着眉说话的样子刻薄极了，"为了证明给那些丢掉她们的男人看，老娘生是你的人死是你的鬼，一辈子对得起你！"

尹桢一时接不上话，怔在原地。

"你说这些女人傻不傻！"林琳假装喝咖啡，偷瞄着她。

过了好半天，尹桢舒出一口闷气继续泡她的茶，说："这么刻薄不怕将来没人要啊？"

林琳就凑到她耳朵边说："你不会想一辈子不嫁等他吧？回头是岸啊，老大。"说完拍拍她的肩膀扭着屁股回到工位上。

难怪人家都说色是刮骨的钢刀，酒是惹祸的根苗，要不是尹桢有一次喝多了酒跟林琳多说了几句，何至于叫这小毛丫头奚落得这样惨。尹桢叹口气回到办公室，找出三年以来所有客人的资料交给林琳："这是还没有建档的客人，麻烦你尽快处理好，周末之前交给我。"

林琳几乎哭了，看着尹桢哀求："我错了老大，不该多嘴。"

尹桢笑嘻嘻看着她："你说什么多嘴，我听不懂啊。"

林琳倔脾气上来索性对尹桢变本加厉："对不起你的人是岳鲁阳好吧，不是我！人家一走这么多年，说不定老婆孩子热炕头过得美着呢，你至于嘛！为这么一个人耽搁自己的青春，你要是我亲姐姐我都想揍你！"

"打人犯法，还是干你的活儿去吧。"

林琳气哼哼走到门口，想起什么又转回来说："不用良心不安，我身强力壮正当年，熬两个晚上就做完了。"

她一出去尹桢就像落败的公鸡趴在电脑前，浑身无力。年轻女孩子怎么会这样坏！她在心里骂林琳。

电脑上微信有消息进来，春知叫她马上到店里去一趟，杜北在那里。来者不善，尹桢登时精神了，拎起背包出门，出门不忘叫上林琳。万一打起来，三个人一起上也不至于太吃亏。

林琳显然还在跟她置气，一路没有开口。车在餐厅门口停下，林琳才翻着眼皮问尹桢："你良心发现要请我吃饭啊？"

"你想多了小妹妹，一会儿要是打起来，你不要手软，打坏了算我的。"不等林琳再发问，尹桢径直走了进去。

林琳立即感觉到事态严重，警惕地跟在尹桢身后。这姑娘是大学游泳队出来的，比一般人高半个头。就算真打起来，三个女人六只手杜北占不着便宜。

推开办公室的门，杜北正跷着二郎腿坐在正对面的沙发上，春知坐在办公桌后面脸色灰白。

"什么意思，叫帮手啊？"杜北讽刺地看着春知笑笑，"神仙也帮不了你懂吗？自己做的丑事，有本事自己承担啊！"说完看着尹桢，"你来得正好，做个见证。"

尹桢不理她，走向春知，问："怎么了？"

"他跟我要餐厅百分之六十的股份。"春知一副六神无主的样子。

"百分之六十还多呀，我没跟你要百分之百是看在咱俩夫妻一场的情分上。"杜北叫嚷着，"给你十分钟考虑，给还是不给，我好约了律师见面，忙着呢。"

尹桢看着他说："打官司找我啊。"

他轻蔑地笑起来："别跟我嘴硬，真打起来指不定谁怕谁呢！"说话间扫了一眼林琳，男人看见年轻女孩子毫不隐藏的眼睛一亮总是会暴露自己的层次不高。

春知深吸了一口气，对着尹桢欲言又止，最终转向了杜北，小声说道："给我两天时间考虑，大后天我给你打电话。"

杜北沉默了一会儿，吊儿郎当地站起身，说："我等你电话。"

杜北走后，春知瘫在座位上，掩面而泣。尹桢见状把车钥匙递给林琳，让她先回去，然后扶着春知坐在沙发上。"出什么事儿了？他为什么要餐厅股份？"

春知不说话，只是哭。

"别怕他，杜北这种人，你越怕他他就越无耻。"她安慰春知。

春知起身从班台上拿过一份文件，那是一份亲子鉴定报告。尹桢接过来翻开看完吃了一惊，检测结果一项里明明白白地写着，待测父系样本排除是待测子女样本亲生父系的可能。杜北不是诺诺的父亲？

春知躲躲闪闪的眼光说明了一切，尹桢知道这一切都是真的。

"大不了财产重新分割罢了，不用怕他。"尹桢说。

"你不想知道怎么回事？"

"等你想说的时候。"

春知擦干了眼泪，重重地点头。两人一起去幼儿园接了诺诺，到尹家吃晚饭。

第 15 章

尹律师见到诺诺就迫不及待地从书房拿出他的一套国学书,化身教书先生给孩子上课:"《千字文》咱们上次说到哪儿了,还记得吗?"

诺诺闭上眼睛摇头晃脑背诵着:"祸因恶积,福缘善庆。尺璧非宝,寸阴是竞。资父事君,曰严与敬。孝当竭力,忠则尽命……"尹桢看着她的模样,蓦然想起自己小的时候,也是这样摇头晃脑地背诵《千字文》《三字经》《百家姓》……尹律师就像现在这样微闭着眼睛,脸上满是笑意。

尹桢沏了一壶茶跟春知坐在客厅慢慢喝着,春知平静了许多,慢慢讲述事情的经过。杜北在从前的旧物里偶然发现了一张诺诺的验血单,看到诺诺的血型一栏写着 AB,便带了一套故事书到学校去见孩子，偷偷剪下诺诺的一缕头发加上自己的头发一起送去做了鉴定，一拿到鉴定结果就怒气冲冲赶来兴师问罪，春知害怕场面失控才第一时间给尹桢发了微信。看得出来，对于杜北不是诺诺生父这件事，春知也很震惊，她竭力让自己平静，端起茶杯的那只手仍在发抖。

"别怕，"尹桢看着她，"你不是没有依靠，春知，有我，有我爸在，没人可以欺负你们娘俩。"春知有父亲，但不是不可怜。有一个那样不堪的父亲，母亲又早早去世，出了事情，谁肯替她出头、做她的靠山？杜北不傻，他是看准了春知的处境，才敢在她头上作威作福，换了像林琳那样有十几个堂兄表姐，有一个团结和睦的大家族，未必见得他不肯扮演模范丈夫。三岁的孩子也知道柿子要拣软的捏。有时候真不知道是该怪春知命不好还是怪她太软弱。

"我现在该怎么办？"春知仰起脸看向尹桢，眼睛里充满了无助。

"看看再说。"尹桢抿一口茶，"现阶段以不变应万变。"

春知叹一口气，点点头，仍然有些不安。

"诺诺的生父……"尹桢原本是想问诺诺的生父是谁，看着春知的模样突然觉得不忍心，"他知道吗？"

春知警觉地看着她。

"我是说……他有没有能力保护你们？"尹桢说完马上低下头。

"他不知道，一点儿都不知道。"

吃过晚饭春知带着诺诺回了家，她说自己心里很乱，需要平静。

送走了春知母女，尹律师一脸寂寥。"以后春知要是带着孩子搬走了，我该怎么办啊。"他不住叹息，好像诺诺从此不会再回来。

尹桢跟父母谈起了春知的麻烦，希望他们能给些建议。人上了一些年纪，考虑事情周密得多，况且他们工作的地方一个是医院一个是律所，都是惯见人心的场合。

"诺诺的爸爸是谁？"包医生听后开口问道，涵养功夫做得那么好的一个人，遇到这种事也忍不住要扒人家隐私。

"说重点好嘛，"尹桢瞟了她一眼，"孩子爸爸是谁不重要，重要的是怎么对付杜北。"

尹律师说："如果他的要求在可接受范围之内，可以考虑适当给一些精神抚慰，毕竟春知有过失。"

"现在是他狮子大开口，跟春知要餐厅百分之六十的股份。"

"那就让他起诉好了，法院判多少我们赔多少。"大律师对当事人永远心平气和，接着他一声叹息，"希望不要影响到诺诺。"

"凭什么赔他？春知生下诺诺他就没管过，他们离婚的时候春知只拿了他们摆在明面上夫妻财产的一半，杜北转移的财产春知都没追究。但凡他还有点儿良心，他就不该再揪着这事儿不放，一个大男人，整天在外面人模狗样地装文明，咬住春知还就不撒嘴了。真是人不可貌相，长得白白净净，心那么恶！"尹桢恨恨地骂着杜北，俗话说恶人自有恶人磨，她等着看他落得什么下场。

包医生对尹桢的一通牢骚甚为不满："他算什么恶人，明码标价跟你要损失，这是最公道的生意人。"

"小气。"

"非亲非故，谁会对你大方？"说完包医生起身离席退出了讨论。走到门口，她又退回来给尹律师下命令："不要把孩子牵扯进去。"

"她工作压力大，别在意。"尹律师安慰尹桢，接着说，"杜北的诉求不现实，先晾他几天等他冷静下来再说。"

尹桢点头，像是叹息又像是慨叹："春知怎么也不像婚内出轨的人啊。"

尹律师没有再说话，转身进了书房，剩她一个人坐在餐桌边发呆。不一会儿春知打来电话，说诺诺发烧，尹桢连忙赶到她家带着诺诺去了医院。只是喉炎，取了药就可以回家。

尹桢开车，春知抱着诺诺坐在后排。透过后视镜，尹桢看着诺诺蜷成一团在妈妈的怀里昏昏欲睡，春知紧紧搂着她，脸贴在她额头上。尹桢一阵心酸，清了清嗓子小声说："孩子不能没有爸爸，如果她爸爸的人品还过得去，这件事最好让他知道。"

再次从后视镜里看过去，春知仍保持着之前的姿势，没有说话。

尹桢又说："去找他谈谈，让他负起责任。"

春知就像没有听见，坐成一座雕像。

"春知，你知道你为什么嫁错人走错路？"

"我遇人不淑。"她嗫嚅。

"你没有得到过父爱，"尹桢一针见血，"如果你不想让诺诺重蹈你的覆辙，那么最好……"

春知猛地抬起头，眼中流露出惊恐，过后淡淡地说了一句："我知道了。"

离开春知家已经很晚了，尹桢一个人走在路上，看影子被路灯拉长又缩短有种难以言说的寂寞和悲伤。有时候人的心事除了自己，没有人可以倾诉。她替春知难过，人群当中她那样条件的女孩子已经少之又少，手中有些积蓄，却从没见她昂首阔步走路，也不见她与谁争执，不管人家说什么她都说是是是，好好好，你做主……落得今天这样实在是因为没有人为她撑腰。假使有一个尹律师那样的爸爸，见不得女儿受丁点的委屈，春知走出去必定活力四射。尹桢默默祈祷诺诺不再重复春知的人生。

第二天上午尹桢在公司接到尹律师发来的一个海鲜酒楼的地址，他说约了朋友吃饭，让她十一点半赶到那里。

十一点，尹桢带上林琳一起出了门。依照以往的经验，除非是特别重要的客人尹律师才会叫上女儿跟着应酬，应酬免不了喝酒，林琳酒量最好。

这个爱玩爱吃爱旅游从没受过欺负的姑娘在路上撒娇："你这算什么？带着公司的资源串自家场子，你对得起老板吗？"

迫不得已，尹桢亮出当年对她的恩典："姑娘你当初来公司应聘可是被 HR 刷掉的，要不是我跟人事部高总有点儿私交，你这会儿还不知道干什么呢。"顿一顿又说："人就是这样，此一时彼一时，当初说好要报答人家当牛做马都愿意，现在带出去吃个饭也发牢骚。"

"早知道这样我才不跟你走，想当初我在夜场上班，也是正当职业，赚钱又多又轻松。"她还无限怀念从前似的。

"是，卖笑总比卖身来得容易。"尹桢说的是心里话，给老板打工堪比卖身，体力、智力一齐奉献出来，恨不得论斤卖给人家，有时还要搭上灵魂才能做到阿谀奉承也不脸红。

林琳一上大学就被朋友介绍到夜场去上班了，她人美嘴甜，见什么人说什么话，端端茶倒倒水就能赚钱。照她对尹桢的说法，要不是她妈哭着喊着逼她找份正经工作，她才舍不得离开夜场。尹桢也曾对她在那里的工作经历好奇，问她是否被男人欺负，她咻地一笑说："你真以为夜场是火坑啊，那里等级森严，我这种端茶倒水的小妹根本没资格往包房坐呀！就算我想跳火坑都不够资格。时代变了呀老大，再不是二十年前良家姑娘来到城市被小偷偷走了钱，又冷又饿走过夜总会门口被人骗进去从此以后失了尊严。现在人活的是个性，喜欢什么就去做什么！"说的也是，这年头想弄点钱还不容易，朋友圈随便卖卖货都能发财，难的是为自己活、活成自己想要的样子。

"照你这么说夜场是高尚职业喽？"

"你就高尚了？"

"我？还行，至少没被我妈逼着转行。"尹桢对她挑挑眉毛笑一笑，"真抱歉哈。"

其实尹桢经常被林琳怼，这个女孩冲起来像一枚子弹，优点也不少，聪明、肯干、仗义。林琳永远记得尹桢那天替她向 HR 讲人情的场景。尹桢说她需要一个林琳这样的助手，老高撇撇嘴不置可否地笑了笑："你可别犯糊涂，你看她脸上写着乖，那都是装的，她眉眼都写着不好惹，我怕你拿不住。"尹桢知道他算是答应下来。"我就喜欢她这种走道儿带风的厉害姑娘。"尹桢说完拍拍老高肩膀，"谢啦。"扭身往办公室走。

　　林琳就在这时候追出来，激动地说："我妈说我今天要是再找不着工作就跟我断绝关系了，谢谢你救了我，我当牛做马都会报答你的。"她一脸的赤诚感动了尹桢。

　　如果活得自私一点，一个人身上大部分的个性都会被保留下来，只是有些人没有做出那样的选择，这就是善良吧。

　　尹律师交友甚广，朋友圈却唯独没有他的当事人和法官，尹律师有智慧，与他的衣食父母保持安全的距离。

　　酒楼在 CBD 核心区的大厦，尹桢带着林琳乘电梯从地库直接上了楼。"海阔天空。"尹桢对服务员报了包房的名字，推开门就看到爸爸和杜北在喝茶，气氛和谐，很有些谈笑风生的意味。

　　"快来快来，等你点菜呢。"尹律师招呼道。"小林随便坐。"说着转过头向杜北介绍，"尹桢的助手，林琳。"

　　杜北喝了一口茶瞟了林琳一眼："见过。"

　　尹桢不知爸爸葫芦里卖的什么药，不动声色地拿过菜单点了菜，体面地坐下跟他们一起喝茶。

此刻的杜北又是一副谦谦君子的模样，说："尹桢很能干啊，叔叔您把她培养得很好。"

"就那么回事儿。"尹律师低着头说，"比较任性。"

杜北干巴巴笑着："我倒还真没看出来，不过真是不像您女儿，您这么和气，尹桢走路都带着风，厉害。"

"他和气？忘了你离婚官司怎么败下来的？"尹桢冷笑，"我这个人就是不肯受欺负，谁打我，我立刻打回去，不含糊。"

杜北慢慢红了脸，低下头，讪讪地嘟囔一句："要不说你厉害呢。"

"就当是你在夸我吧。"

尹律师指着刚端上的一盘豆腐打圆场："吃菜，这个好，清热润燥，能补充蛋白质还能去火。"他盛了一勺在杜北的餐碟里，对他说："男人啊，齐家治国平天下，齐家才能治国，然后才是搞定天下。我的经验，跟女人打交道，第一要有耐心，第二要讲策略。听说你这几年生意做得也很大……"

尹桢打断他："爸，不与夏虫语以冰，别浪费感情。"然后看着杜北单刀直入："说吧，你怎么才能放过她们娘俩？咱俩说话不用绕弯子，互相都知道对方是什么人。"扭脸又对尹律师说："你今儿这饭局约得好，我也正想找他。"

一句话把天聊死，大家都沉默了。

林琳四下里看看，趁机说："不是说带我来喝酒吗？要不点瓶红酒？"

杜北说："不用点，我车里有，叫人送上来。"随后在微信里发语音给他的司机："拿瓶红酒上来，在'海阔天空'。"说完看着尹律师笑了，"您是故意订的这个包房吧？退一步海阔天空。"

尹律师笑笑："没有没有，碰巧了，不过退一步海阔天空是真的。"

"我就知道今儿是鸿门宴。"杜北说。

尹桢怼他："你还算明白自己的斤两。"

"杜总，"林琳出手了，"咱们喝一杯。"她不容杜北说话，先干了一杯酒，"初次见面，咱就不讲究姿势了，我先干为敬。"

尹律师对着林琳笑："慢慢喝，慢慢喝。"

杜北跟着林琳喝干了大半杯的红酒，林琳起身给他倒酒，一只手很自然地搭住杜北的肩膀，说："杜总，我年轻，不知道今天这顿饭究竟为什么吃，不过我老大说了，陪好杜总，天大的事都等喝完了这顿酒再说。今儿您要是喝得高兴呢，您就退一步，不高兴，我保证喝到让您高兴，您看行吗？"她一脸真诚又可怜兮兮地看着杜北，任哪个男人，光听她这番话就已经醉了。

杜北深吸了一口气，愤愤地看着尹桢说："专攻我软肋是吧，你知道我心软……"逢人就说自己善良的必定不是善类，他心软就不会把春知逼到墙角。

"杜北，你跟春知毕竟夫妻一场，而且已经离婚这么多年了，这件事如果真闹起来，恐怕最难看的还是你自己呀，养了这么多年的闺女，是别人的……你要想想，你的朋友、员工、合作伙伴要是知道了，他们会怎么想？"尹律师才是攻心高手，"这么多年，即便是你亲生的女儿，你对这个孩子又付出过什么？更何况现在知道了她不是你的孩子，对你来说这倒未必不是好事儿，等你老了，想起来没有给过这个孩子一点儿父爱，也不用自责。我劝你啊，只当这事儿没发生，好好过自己的日子。"

听到尹律师这么说，尹桢便更加有底气地看向杜北，他忍着怒气随时会爆发的样子颇为滑稽。

"杜总……"林琳拍拍他肩膀。

杜北摆摆手，示意她不要再说下去，他看看尹桢又看看尹律师，思忖了一阵突然笑了出来："您的这番话，我就只当是为我好吧。"

尹律师笑而不语，端起酒杯说："咱们都是男人，杜北，男人不容易啊。'人间行路难，踏地出赋租'这句话听过吧，苏轼写的，这首诗本来是苏轼写来影射北宋社会租税太重，我把这一句拿出来，说说人生……"说着话，他猛然想起什么似的，从公文包里拿出一摞打印纸。"前两天有个姓黄的来我们所里做咨询，他让老板给炒了心里头不忿。这姓黄的在公司里做了那么多年财务工作，知道的比别人多点儿也是正常的……"他把打印纸递到杜北眼前，杜北翻了两页，脸上一震，警惕地看着尹律师。尹律师还是呵呵笑着。"我做了这么多年律师，多坏的人都见过，他这个还真不算什么。"他慈祥地拍拍杜北肩膀，"这个你拿回去慢慢看，今儿咱不谈别的，咱们闲聊天儿，我跟你聊聊苏东坡这辈子是怎么过来的。"说着话，他又放下酒杯，拍拍杜北肩膀，"坐近点儿，我给你聊聊什么叫'生活不止眼前的苟且，还有诗和远方'。"

杜北听尹律师这么一说也就不动声色地听着，酒一杯杯喝下去，逐渐被尹律师掏心掏肺的架势感染，整个人倒放松起来。倒是坐在对面的尹桢有些摸不清她爸葫芦里究竟卖的什么药。"爸！"她试图阻止爸爸，"你是不是喝多了？"

尹律师反而对着她笑。"人皆养子望聪明，我被聪明误一生，惟愿孩儿愚且鲁，无灾无难到公卿。这诗听过吗？"他颇得意地转向杜北，"这是苏东坡的《洗儿诗》，我为什么给我女儿取名一个桢字，跟苏轼想法是一样的，我就希望她笨一点，那么聪明干什么呢。"

杜北听了歪着嘴一笑："好像事与愿违啊！"

林琳也不禁扑哧一声笑出来，见尹桢瞪她，便抿了嘴，端起茶杯佯装喝水。

整个下午尹桢不得不耐着性子坐在那听爸爸讲苏轼的一生，几乎昏睡过去。一旁的杜北跟林琳却颇有兴致，小学生一般目不转睛盯着尹律师，三人更不时端起酒杯对饮。

尹桢只觉得爸爸荒唐过了头，恶人始终是恶人，他居然想感化杜北。她自顾自玩着手机游戏，断断续续听爸爸讲他所了解的苏东坡，偶尔念几句诗，先是"忽闻河东狮子吼，拄杖落手心茫然"，又是"拣尽寒枝不肯栖，寂寞沙洲冷"，又是"竹杖芒鞋轻胜马""人间有味是清欢"……一个下午过去，天黑时三人竟喝光了桌上所有的酒，开始勾肩搭背称兄道弟起来。杜北满脸通红，一副痛心疾首的模样拍着尹律师的肩膀说："尹律师、尹大哥，我服了。"他又竖起大拇指："大写的服气！我听您的，人这一辈子能有个叫自个儿心服口服的人不容易。万万没想到，您是这么一个满腹经纶的尹律师，杜北受益匪浅，受益匪浅……"说着话，他喝空了面前最后的半杯红酒。

尹桢冷冷地看着他的丑态问："你听得懂吗？"

杜北一愣，本想跟她呛几句，瞬间改变了主意对尹桢笑了："听不听得懂不重要，重要的是，我今天服了尹律师。从今往后，这是我大哥！"

"滚！"

杜北哈哈大笑，对她说："咱俩单论。"转向尹律师说："您的意思我明白了，跟春知这档子事儿您也算是用心良苦，放心，这事儿我听您的。"

已喝醉的林琳突然从座椅上摔倒，尹桢顾不上理他，慌忙俯身将林琳拉起，喝醉的人身体沉重，尹桢倒被她拖倒了。

第 16 章

　　尹律师在酒桌上拿给杜北的是杜北公司偷税漏税的证据，做了这么多年律师，方方面面的朋友总有一些。尹桢问他哪里来的那些资料，尹律师笑着说巧了，是杜北公司的一个离职财务到所里做咨询带过去给律师看的。尹桢知道她爸是在胡编，也就不再多问。

　　杜北的事情过去以后，尹桢感到春知和她疏远了许多。春知先是带着诺诺搬回了家，没几天又给孩子换了幼儿园，说是为了防备杜北，但怎么看都像是躲避尹桢一家子。很长一段时间，尹律师回到家就忍不住叹息，大约是想念孩子。可见人类终究是感情动物，虽然诺诺与他没有任何血缘关系，因为长日的陪伴，竟也是难舍难分。

每当尹桢给春知打电话，说不了几句春知就会推说有点忙，一会儿再说，然后就再也没有消息。如此几次之后，尹桢实在觉得春知有情况，决定找她谈谈。

一天下午，尹桢到餐厅去找春知，刚把车开进餐厅门口的车位就看见她急匆匆开车出门。尹桢好奇地发动汽车跟在了她的后面，倒要看看这个家伙在忙什么。二十分钟以后，在一个露天星巴克，尹桢看到了令她瞠目结舌的一幕——徐春知竟然跟岳鲁阳在一起喝咖啡。

尹桢大脑一片空白，脊背一阵阵地发凉，却并没有勇气上前，她落荒而逃。

回到办公室，她躺在沙发上流眼泪，有气无力地跟林琳发牢骚："怎么能这样，她怎么能这样对我？"

"也许有苦衷吧。"这样平淡的宽慰从林琳嘴里说出来着实难得。

"你帮我去给她打个电话，问问她的良心是不是让狗吃了！怎么能这么欺负我！"

"原来你这么脆弱。"林琳颇感意外，"居然让我替你出头？"

这年头谁是真的钢筋铁骨呢，不过都是硬着头皮撑出的气势防身。尹桢不明白春知为什么不告诉她岳鲁阳的事。

"你开车，带我去找他们，我要当面问清楚。"尹桢不甘心。

"人家恐怕都走了。"林琳嘟囔着拽过车钥匙，两人又来到那间咖啡店。"我在旁边逛逛。"林琳说，"面霜用完了，买一瓶。"

多么机智。

尹桢情绪已经平复了许多,径直走到他们跟前。岳鲁阳先看到她,眼神亮了一下,然后平静地叫了她的名字:"尹桢。"

徐春知猛然回头,脸上是慌乱的神情。

尹桢看着春知说:"真巧,在这儿碰上你们。"

"尹桢……"她看看岳鲁阳,"我们也是第一次见。"

"是吧。"尹桢挤出一个笑容,看向岳鲁阳,"什么时候回来的,怎么也没给我打电话?"

"哦……那个……刚回来。"他瞟一眼春知便暴露了这是谎言。

尹桢瞬间明白过来,重重地点头:"真有默契……你们俩……把我当傻子吗?"眼泪忍不住流出来,心脏像被人插满了刀。

春知连忙起身拉开身旁的座椅,对尹桢说:"坐下说话,你们聊,我去洗手间。"关系匪浅的男女才有这样的底气把麻烦甩给另一方。

尹桢暗笑,原来每个人都懂得遇到尴尬的时候暂时回避,只有自己这么多年像只飞蛾,只会对着灯火飞啊飞,最后粉身碎骨。

岳鲁阳的样子没什么变化,相比十年前,整个人显得更加稳重。尹桢试图从他眼睛里寻找他爱她或是思念她的证据,然而一无所获。在他对面坐下的那个瞬间,尹桢在心里承认她后悔没跟他一起去多伦多。他也在端详她,大约并不觉得亲切。

"你回来为什么不找我?"尹桢抑制不住地流泪。

岳鲁阳把脸扭向一边,低了低头,又沉默了一会儿才开口:"没有那个必要了吧。"说完他又将脸转向了一边，不再言语。

尹桢几乎是迫不及待地开口："我为当年的事向你道歉……"他那样冷漠的神情瞬间将两人之间的距离拉到远得不能再远，她想把他拉回来，用眼泪或是言语上的乞求，或者随便其他什么办法，因为她在看到岳鲁阳的那一刻就发觉自己一直深爱着他。"岳鲁阳，"尹桢抹了一把眼泪，"我说过我会等你回来，我做到了。以前我总给你打电话，但是后来有个女的让我别再打了，再后来你就搬家了……我虽然没有你的消息，但是我……一直等着你回来……我想亲口跟你说一句对不起……"她声泪俱下。

"尹桢，事情已经过去那么多年了，孰是孰非，不用放在心上。"他低头思忖了几秒，"其实，回过头来看，我的责任更大一些，是我没有处理好。其实你当时只是跟我发发牢骚，如果当年的我有现在的阅历，就会懂得去安抚你，而不是那么认真地跟你讨论将来的事，居然还去跟家里人抱怨你的出尔反尔……我也有很大的责任……"

"那时候我们都太年轻了，不怪你，当时当刻我们的经验和阅历就只有那么多……"尹桢破涕为笑，"这些都不重要，重要的是，你回来了，我们又见面了。"她一边说着，一边竟在脑海里忍不住憧憬爸妈再见到他的场景，他们看见尹桢挽着岳鲁阳的胳膊出现会很惊讶吧。

岳鲁阳打断她："尹桢，时过境迁。"他说得很轻，于尹桢却犹如当头棒喝。

"是啊，"尹桢讪讪地说，"我太兴奋了，看见你。"她渐渐低下头，接着看到春知走米，对着她露出尴尬的笑。那样小心的笑，仿佛她们只是初次见面的朋友，尹桢有不祥的预感。

春知坐下的时候尹桢对岳鲁阳说："你不在国内这些年，我和春知一直在一起，互相帮衬。没有春知，我不知道自己现在会成什么样儿……"不知道为什么要说这些，也许是因为气氛尴尬，她必须要说点儿什么，接着又说，"春知结婚了你知道吗？她有个女儿……"真是多说多错，干吗上来就告诉他这些？要命的是，她不得不继续说下去，停下来不说会显得更尴尬，"诺诺特别可爱，你以后会见到她的，会特别喜欢她……"

岳鲁阳看着她深吸了一口气。"尹桢，诺诺是我的女儿。"说出这句话他显得轻松许多，"我们已经见过一次。我也是最近才知道的，上个礼拜春知打电话告诉我。我不知道这个时候告诉你这些是不是合适……"

尹桢蓦然看向身旁的春知，她低着头。

"这么多年的朋友，我把心都挖出来给你，你就这么对我？"尹桢一边说着，一边浑身战栗起来，天气骄阳似火她却像被人投进了冰河，"我到今天才看清楚徐春知你就是个白眼狼，喂不熟的白眼狼！"

春知脸颊通红，一言不发。

岳鲁阳在一旁说："我跟春知的事是个意外……责任在我，你不要怪她。"

尹桢的脑子里嗡嗡作响，一阵一阵的眩晕，羞愧，慌张，她不知所措……突然胃里一阵翻江倒海，什么东西涌到嗓子眼，忙起身跑到路边，蹲在地上吐出一堆的污秽。春知追上来，递给她湿巾，拍打她的后背，"没事吧尹桢，我去拿点水来。"

尹桢用快要喷火的眼睛看向她，恨恨地说："离我远点儿……"

"你别误会尹桢……"

岳鲁阳也跟过来，问她："要不要去医院？"

尹桢掏出电话呼叫林琳，几乎乞求她："你回来，马上回来，带我走。"打过那个电话，她缓缓起身，看看岳鲁阳，又看看春知，这两人的模样在眼前模糊起来。她浑身没有力气，说不出话，也迈不出逃跑的脚步，连眼泪也流不出来。如果面前是万丈悬崖，尹桢大概会纵身一跃而没有任何犹豫——她对朋友的一片赤诚，竟被春知如此愚弄和践踏。

离开咖啡馆尹桢就住进了医院，并且一直昏睡，不吃不喝浑身上下没有一点力气。有时张开眼皮，她能感受一些光亮，尹律师就会把脸凑过来看她，他形容枯槁，双眼通红，看样子比尹桢好不到哪里去。

半个月过去，尹桢依然没有吃过东西，靠输入体内的营养液维持身体的机能。有时感觉轻快一些，她便半躺在床上对着墙壁发呆，大概双眼发直的样子实在吓人，尹律师就一遍一遍喊她的名字，尹桢尹桢尹桢……好像她丢了耳朵，实际上，尹桢丢了灵魂。

尹桢整天瞪着天花板，每当闭上眼，就想起那天的一幕，想起岳鲁阳和徐春知的样子以及他们说的那些话。尹桢不相信岳鲁阳不爱她，也不相信徐春知的心里没有一点惭愧，她不停思考自己该怎么办，该原谅他们？不，绝不会原谅，原谅了他们自己这一辈子都会活在阴影之下，痛苦将她吞噬，永世不得超生……可是尹桢也不想惩罚他们，他们是诺诺的父母，如果他们得到惩罚，诺诺怎么办？该如何得到平静，让自己好过一点儿……去爱上一个更好的人或是升职加薪一年挣个五百万，然后环游世界去旅行，这些或许会让尹桢从这个噩梦里解脱出来，可是都太遥远了。人生那么长，尹桢知道她终究会忘记这件事，会好起来，然而当下，这一刻，她该如何度过……想不到办法，她急得哭出来，一直哭……尹律师看不下去又帮不上忙，血压一高也躺下了，爷俩住在同一间病房里，相对无言，唯有泪千行。

有一天晚上，黑暗中尹律师说："尹桢，爸爸没有用，除了陪着你什么都帮不上。爸爸现在能做的也只是陪着你，陪着你生，陪着你死。过去，你给我带来那么多的欢乐，现在爸爸却帮不上你的忙……我该怎么办呀尹桢？"他像个孩子号啕大哭，"我该怎么办呀尹桢，我要做什么才能让你好起来……"

包医生听见动静从外面冲进来，呵斥他："尹国栋你能不能冷静点儿！尹桢需要休息，你怎么能这么刺激她！"

尹律师就拼命忍住哭，哽咽着说："我恨我自己没有用啊晓禾，我自己女儿这个样子，我帮不了她……"

"胡闹！"包医生终于发火儿了，"再这样你就到别的病房去住！"

尹律师的哭声戛然而止。

包医生到床边给尹桢掖被角儿，恨恨地嘟囔："你们俩，有一个算一个，外强中干，这还没怎么着呢，你们俩就先倒下了。要是真有点儿事，还活不活了？"

"你倒是想个办法！"

"办法……我还没想到。"顿了一会儿她又说，"不过我可以告诉你们，岳鲁阳和徐春知每天都到病房来，只是我没让他们进来……"

黑暗中，尹桢父女对视了一眼。

包医生又说："这个世界上不会有比死更简单的事，如果你们俩都觉得生无可恋，愿意这么消沉下去，就请自便吧。生生死死我见得多了，如果有兴趣，你们白天可以到楼道去转转，你们去看看，那些刚做完开胸、开颅、切掉乳房的病人，哪一个不比你们痛苦！碰上这点挫折你们俩就倒下了，对自己，对别人，对我，你们都不负责任！"说完，她大步离开了病房。

父女俩这才挣扎着爬起来打开手机用手电筒照亮，开起了紧急会议。

"你妈说得有点儿道理，人活着，谁也不比谁容易。要我说不妨见见他们，听他们怎么说。"尹律师提议。

"还有什么好说的，诺诺都已经七岁了……"想到这个，尹桢心如刀绞，"怎么可以这样践踏我的尊严。"

"唉，"他叹一口气，"也许你们就是没有缘分，人跟人，是要讲缘分的。"说着他翻身下床，"让你妈这么一说，我还真有点儿饿了，我到她办公室去找点儿吃的，你要不要？"

"你怎么能这样！不是说好了陪着我生陪着我死的吗！"尹桢十分气愤。

"我……"尹律师尴尬，坐到尹桢的病床边，"我觉得你妈说得对，再说我饿着肚子，哪有力气陪你扛？"说完他拍拍尹桢的肩膀，一言不发走出了病房。过一会儿他拎回来一个塑料袋，黑暗中窸窣着掏出一个馒头，一掰两半儿，拿着自己那半儿咬了一口，剩下一半儿递到尹桢跟前："你也吃点儿。"

尹桢气恼地别过头，鼻子里发出轻蔑的一声哼。等她平静下来，再看向爸爸，他吃光了馒头已经睡着了。尹桢的内心，顿生悲凉：果然男人都是靠不住的，自己的亲爸爸，说出那样动听的话，也还是自己吃光了一整个馒头，自顾自睡去了。

第二天早上尹律师到食堂买来了白粥，叫尹桢无论如何吃一点。尹桢吃了半碗，刚品出些滋味就又被他拿走了。"你妈说一顿只能吃半碗。"他一边吃着剩下的半碗一边说，"吃多了对你没好处。"

"我妈就没说吃多了对您也没好处？"

他看着她说："我这不是……怕浪费嘛！"

早上查过房，包医生又来了。这几天，她就陪着父女俩住在医院的值班室，眼窝深陷，憔悴不堪。她冷眼看看女儿又看看她丈夫："再饿两天，你们俩就一块住 ICU 了。"

"我吃了饭，感觉好多了。"尹律师讪笑着说，毋庸置疑这个怕老婆的男人已经反水了。

尹桢说："我想见见他们。"

"不行，"反水的同志跳起来反对，"你太虚弱了，实在想见，再养几天！"

包医生瞪他："死而后生懂不懂？"说完又出去了。

尹桢乜着尹律师揶揄他："你就这样怕她？到底怼她一句呀！"

"这是她的地盘，再说几十年都是这样过来的……我有什么办法。"

护士进来输营养素，顺便带来包医生的口谕："主任说，这袋营养素输完就能见朋友了。"

输完营养素已经是下午一点，尹律师被包医生叫到食堂吃饭的时候，岳鲁阳推开病房的门走了进来。他的头发凌乱，胡子长出来老长，看样子，对尹桢也不是没有愧疚。

"我们都很担心你。"他干巴巴地说道，言语中带着小心翼翼，"对不起，尹桢。"

"你们？你和谁？徐春知吗？"

岳鲁阳有些慌，拿了纸巾递给她，顺势靠在另一张床的边上不再说话，只看着尹桢。过了很长一段时间，他开口说："我那时候刚从加拿大回来，跟一个朋友打算创业。到北京之后的第二天就给春知打了个电话约她见面，我想问问她你的情况。那时候她刚结婚没多久，我们聊了挺长时间，她也跟我说了很多很多，但都是关于她自己的。对你的事，她只说了一点，只说工作起来不要命，每天都加班，很忙很忙……她知道我想问什么，但是没有正面回答，后来我就问她你结婚了没有，她说没有，我就明白了，你有男朋友……"

回想起春知婚后不久，那时她正跟飞机勇士谈恋爱。

"我就很失望，也很痛苦。春知一直陪着我，我喝了很多酒，然后她送我回家，然后有了我们唯一的一次……亲密的……接触……我喝醉了，也不知道为什么那样……"他说得很平静，不带任何感情地讲述，"第二天早上我们都很羞愧，发誓保守这个秘密。然后我改变了计划，迅速回到加拿大，后来又去了美国，两年前才又被朋友拉回来一起创业。我们偶尔会见面，吃吃饭，聊聊天，她说你现在还是一个人，鼓动我来找你，我一直没有下决心是因为……一方面我对我们之间的感情没有把握，另一个方面公司刚成立，忙得不可开交……一个月以前，春知告诉我诺诺的事……"

当他说到知道尹桢有男朋友很失望也很痛苦，喝了很多酒的时候，尹桢压抑的心情登时开阔起来，在乎才会痛苦，至少岳鲁阳还在乎她。

岳鲁阳上前轻轻拉尹桢的手说："你不要胡思乱想，给我们自己一点时间。"那一刻尹桢闻到他的气息，是全新的。电光石火之间她明白过来自己为何那样喜爱诺诺，为何看到她就会有那种久违了的亲切——因为她身体里面有岳鲁阳的基因和血液，她是他的女儿啊！他们有一样浓黑的眉毛，星星般闪亮的眼睛，相同的轮廓……对她而言，诺诺算不算是一种慰藉？

还没容尹桢说什么，尹律师回来了，岳鲁阳看到他变得更加拘谨，恭敬地对他点点头："叔叔。"接着，包医生也走进来。"阿姨。"岳鲁阳忙不迭又招呼了一声。

尹律师很欣赏地对岳鲁阳点点头："比以前壮实多了，老爷们儿了现在。"

岳鲁阳低头笑，恭维地看着他说："您还是老样子。"

包医生却微笑着打断他们："尹桢还很虚弱，需要休息，已经见过面了你就先回去吧。"

尹桢狠狠瞪了她一眼，包医生视而不见。

岳鲁阳看向尹桢："你好好休息，明天我再来。"

尹桢对着他抬起手臂说："拉拉手。"

岳鲁阳瞄了一眼包医生，还是回到床边拉了拉她的手才出门。他前脚走出病房，包医生就一副恨铁不成钢的表情对着女儿说："拉拉手感觉怎么样，是不是都要上天了？"

"我要吃饭。"

包医生于是扭脸儿看着尹律师，幸灾乐祸地说道："人家小伙子过来拉拉手她就喊着要吃饭，你老头子在这儿住了半个月，自己血压都熬上去了，有什么用？早跟你说别太惯着她……"

尹律师只是笑。

尹桢又说："在您的悉心照料之下我已经好了，谢谢爸爸，我要出院。"

"好好，"尹律师忙不迭地答应，"咱们出院。"

"今天就出院。"

"今天就出。"

第 17 章

如果爱情会使人生病的话，爱人就是良药。见过岳鲁阳的当天尹桢就叫嚷着出院，一个礼拜以后就去上班了。林琳对她突然的病倒和痊愈都表示不能理解，她说："你这样仰赖一个男人怎么行，万一他骗你，你就一头栽进泥潭再也爬不起来了。"

尹桢眯起眼睛看着她："你知道比乌鸦更讨厌的是什么？是乌鸦嘴！"

尹桢跟岳鲁阳每天都通电话，隔三岔五见面吃个饭，两人都很努力地去了解和适应十年来对方的变化，并且刻意避免谈起春知。尹桢想，如果她跟岳鲁阳能重新找回遗失的爱情，对春知和诺诺都是一件好事，几个人都可以坦然面对彼此而不必心怀愧疚。十年的光阴把岳鲁阳打造成更加坚毅的男人，他举手投足间都透着沉稳，使她着迷。为了方便约会，尹桢从父母家搬了出去，回到了自己的公寓，一个人住，出入都方便些。

此时的岳鲁阳是一家科技公司的创办人，为客户提供智能交通和安全防护的全面解决方案，公司设在郊区的产业园，岳鲁阳的住处就在附近的别墅区。尹桢没有去过他的住处，一来交通太远不方便，二来他也从未邀请她去做客。尹桢并不在意这种形式上的宣示主权，许多人确立恋爱关系后便迫不及待跑到对方公司、家里，甚至朋友的家里溜达一圈以表明身份，她认为没有那样的必要，特别是与岳鲁阳这样分别了十年又复合，现在重要的是重新了解对方。在这个年代，十年简直可以算得上沧海桑田，更何况，还有春知和诺诺的存在。

自从与岳鲁阳复合，尹律师就一直拿话敲打尹桢："人生最怕放不下执念，不要为了执着而执着。"

"爸！"尹桢不喜欢听他这样说话，"我跟您说句实话吧，从我再见到岳鲁阳的第一眼开始我就明白了一件事，我爱他。"

"还有什么？"

"还有，我突然明白过来，其实我一直在等他，十年来一直在等他，我要跟他在一起。"

尹律师实在不懂尹桢的逻辑："你爱他什么呢？"

"什么都爱，他的五官，呼吸，举手投足，他皱眉头，他叹气，他笑……打嗝放屁什么都爱。"

尹律师就不再说话，他担心女儿，担心她的期待落空。

包医生有时候会问起春知她们娘俩："你们还有联系吗？"

尹桢摇头。

又问："岳鲁阳说起过她们吗？"

尹桢摇头。

包医生和尹律师对视一眼之后就不再说话，每到这时尹桢便能从他们神情里捕捉到一丝欲言又止的怪怪的感觉。她知道他们担心什么，并且接下来的事实证明了，事情看起来就是在朝着他们担心的方向发展。

周五的下午尹桢带林琳出去见客户。回来的路上经过一个商场，林琳撒娇要吃冰激凌，尹桢爽快地答应下来，带她走进商场一家冰激凌店。对面是一家珠宝店，等冰激凌上桌的工夫尹桢说："一会儿吃完了陪我去看看。"林琳立刻揶揄："钻戒要男人买！"

"我先看好了款式不行吗？"

"备不住你连人家的都买下来吧。"她撇嘴嘟囔，"这样恨嫁，图什么？"

尹桢便又开始恨她，总是被她怼，早晚要想办法炒掉她换个温顺的。换掉林琳这个想法在她脑子里已经闪过不下一千遍，可是性格温顺的女孩往往没有主见且没有担当，一旦做错事就会哭哭啼啼跑来说我一不小心就这样了，再不然就是我完全按你要求做的，不知道怎么会这样。林琳不会，做错了事或是挨了骂她会一言不发走出去，想尽一切办法去补救，她懂得生活不相信眼泪，就像尹桢名字里的"桢木"，够坚硬、撑得住，气质里有一股侠义，尹桢欣赏她。

大杯的冰激凌端上桌，两人大快朵颐，林琳笑嘻嘻地把杯子里巧克力让给尹桢，炒掉她的想法瞬间被尹桢抛在脑后，转而是被无尽称赞取代。下个月是林琳的生日，尹桢想一会儿要不要选一条链子送给她，这个姑娘在她手下几年，劳苦功高。

冰激凌店和珠宝店只隔一条过道，吃过冰激凌她们径直走向对面。店里有客人，一男一女，仅有的三个销售员围在他们身边，想必出手够阔绰。终于有人注意到她俩走过来问："两位需要什么？"

尹桢一笑："随便看看。"不经意朝那两个阔绰的客人看去，看到春知，另一个当然是岳鲁阳。

他们背对着她，依偎在一起，春知左手无名指戴着一枚硕大钻戒，伸在远处的灯下端详。

两人对视了一眼，春知说："太浮夸了，不太好。"

岳鲁阳说："不会呀，这颗钻石很好，够大，够闪，品质好，将来可以传家。"

然后是销售小姐客气地恭维："这位女士真是好福气，先生对您多好。"她们都是这样，谁是金主便顺着谁的话头。

他们相视而笑，那样舒服、默契……尹桢一时间竟有夺路而逃的念头，她强迫自己挺直了身体。

"春知！"她假装惊喜地叫她名字。

林琳见状，忙跑到尹桢背后扶住她。

春知满脸的仓皇，摘下戒指走到她跟前："尹桢……我……"

"这么巧。"尹桢歪着头看着眼前两个人慌张的脸，感觉既熟悉又陌生，"买戒指啊？"

岳鲁阳将春知挡在身后，对尹桢说："有空吗尹桢，我们找个地方坐下说话。"那一刻尹桢听见自己胸腔发出的炸裂声，心碎成了一万片，恐怕再也拼不起来。

"你们俩有一个共同的孩子，为了孩子你们在一起我能理解，但是为什么骗我？为什么像傻瓜一样耍我！"尹桢竭力保持着平静，居然没有流泪，大概觉得自己很丢脸，浑身战栗着迅速转身离开珠宝店。尹桢在门口和一个人撞在一起，她向外走的时候，他对着里面的人说话："还没定下来呀！人都等着呢！"尹桢一头撞在他肩膀上。看到尹桢，来人愣了一下。岳鲁阳对那个人说："你带春知先走，我有点儿事。"尹桢的眼泪再也抑制不住地流出来，感觉马上要窒息了一样，林琳一把扶住她，尹桢突然撒起泼来："干什么要让春知先走，仗着你们人多是吧！"又抬起脸对着门口的男人叫嚷："你家里出了多大事你这么急急慌慌地走路不看人！你撞到我了知道吗，撞到我了！道歉，马上道歉！"

一屋子的人都愣着，撞了尹桢的那个人更是保持石化的姿势，尹桢忍不住抽泣。

"对不起三个字不会说吗！"林琳在一旁也喊了起来，她和尹桢俨然两个女流氓。

"对不起。"对方嗫嚅着走向尹桢，"你没事儿吧？"

尹桢并不回答，拉起林琳说我们走便一口气跑到了停车场，终于伏在林琳肩膀上痛哭，从来没有这样委屈。等她哭够了，抹一把眼泪叫林琳送她回去。自始至终，林琳不发一言守护着她老大。

　　回到公寓尹桢先打开冰箱拿出两罐啤酒，一口气喝干了。林琳想要说什么，尹桢对她挥手："别说话，我必须把自己灌醉了，我得睡一觉，要不然我没准儿会从楼上跳下去。"强忍着热泪，喝完两瓶又喝两瓶，又两瓶……直到喝得分不清白天黑夜，直接扑倒在床上昏睡过去。

　　酒品见人品，有人喜欢大吵大闹，把平日藏在心底的话伴着眼泪吐露一番，一觉醒来却装作从没说过，有些人会倒下去睡一觉，什么也不说，第二天起来又是一条好汉。尹桢是后者，然而缄默并不表示没有委屈，因为知道即便喊破喉咙也没有用，没用的事干吗要做？她不喜欢那样夸张的表演。

　　林琳没有离开，一直陪着尹桢，直到她第二天醒来。尹桢头痛欲裂，平躺在床上望着天花板，回想前一天撞见岳鲁阳和春知的一幕，有种不真实的感觉，恍若隔世。她不愿动弹，一直在思考她的生活里到底发生了什么事……突然之间又觉得委屈，岳鲁阳和春知，他们是她最重要的朋友，不，是亲人……尹桢此刻只觉得自己众叛亲离。

　　林琳终于不再怼她了，凡事顺着说，慢声细语。尹桢说岳鲁阳不会忘了她的，他这么做只是在赌气，怪自己当初不肯跟他走，林琳说傻子都看得出来他爱的人是你；尹桢又怪春知心机太深，从一开始就觊觎她的男人，瞅准了机会终于扑倒了岳鲁阳，林琳说早就看出来徐春知嫉妒你不是一两天；尹桢说岳鲁阳薄情，林琳就骂他寡义；尹桢说从前她跟春知之间没有秘密，她什么都告诉自己，林琳就骂她过河拆桥；尹桢说她一辈子不想再见到这两个人，林琳就说你放心，这两个小人下辈子做牛做马做猪做狗做鸡做鸭都不会再做人，你再也碰不上他们……尹桢也知道林琳是昧着良心说这样的话，实际上，林琳肯定巴不得自己一口老血喷出来吐血而亡，自己再也不能烦她，有个失恋的人在身边好比遇见杀手。

经过春知的事情，尹桢懂得了人心叵测，她从此不再单纯。吃一堑长一智，人都是一点点学着长大，怕火的都是挨过烫的。

第 18 章

　　尹律师到公寓来看女儿，一脸沉痛地希望她搬回去跟他们同住。尹桢想了想说自己这个样子住回去大家心情都不会好，父母面前总是摆出哭丧的嘴脸总是有些不孝的，自己住反而不必有那么多负担去掩饰悲伤。她这么说，他也不再勉强，叹口气说："是他们辜负你，被辜负的人就是这点好，在良心上很坦荡，走过这一段，你的胸怀就更宽广，再没有人能伤害你。"

　　"你是一个律师啊爸爸，"尹桢被他气哭了，"你怎么能说这种话？你说这样佛系的话怎么帮人家打官司？你的当事人被辜负委托你出庭，你也跟人家这么说？你让人家保持良心坦荡、胸怀宽广？你看看你现在，愁眉苦脸、低声下气，哪里还有个律师的样子！"

"你爸爸当了几十年律师，到现在我看清了一件事，法律不能消除当事人内心的痛苦，任何的痛苦，哪怕一点点。"他抓着女儿的手，忽然也开始抹眼泪，"尹桢，爸爸看着你现在的样子，心里难过，可是一点儿办法也没有，不知道怎么安慰你，让你心情好起来。回家去住吧，爸爸每天能看着你，陪着你，不然我真的不放心。"

谁能想得到他这样在法庭上铁骨铮铮、打得对方落花流水的大律师也会这样无助地哭泣。尹桢只觉得对不起他，打倒他的不是对手，是他女儿的眼泪。

尹桢忍不住猜测，自从上一次撞见后岳鲁阳跟春知并没有再想起她，自己是一个不受欢迎的打搅到他们幸福的人，他们同她不再是朋友，此时此刻对她避之不及……真叫人心寒，春知以前跟她那么好，一起经历了那么多的苦难，一直情同姐妹、亲如家人，现在却形同陌路，多么讽刺。

尹桢决定忘记他们，重新做人。

林琳帮着清理尹桢的衣柜，超过一年的旧衣物全部扔掉。有一条爱马仕丝巾是几年前春知从日本买回来的，因为太华丽一直没有机会戴，尹桢问林琳怎么办，林琳想了想说扔了可惜，但不适合再留着，咬牙说她带走吧。按照这个思路，还有春知送的皮包、鞋子、胸针和耳环，也都被林琳带走了。两个人足足清理了一整天，夜晚，尹桢坐在地板上喝着啤酒看着门口被林琳收缴的不适合留在家里的东西，油然升起一种上当受骗的感觉，借着酒劲问林琳：

"你这算什么？"

"你不会以为我趁火打劫吧？"林琳倒反过来问她。

"会。"

"你说是就是吧。"她一脸的坦然，"但我这么做是为你好。"

"我没看出来。"

"以后你就知道了。"

第二天，林琳带她去买衣服，非名牌店不进，购物袋装满后备厢。第三天，林琳还是带她去买衣服，非名牌店不进，后备厢装不下那些购物袋，两人就在停车场把购物袋一个一个拆开来扔掉，这样勉强才把东西运回去。

衣柜被重新装满，林琳很满意，她说老大你会因为穿着这些新衣裳出门而开心上一段时间，失恋的时候让自己开心最重要。

果然林琳说得没有错，对尹桢这样从里到外死过一次的人来说，每天穿新衣服出门，有如脱胎换骨。

坏事传千里，很快全公司都知道尹桢的事，幸灾乐祸者不在少数，而真正的仇家早就迫不及待落井下石了。

事情传到老板那里，她特意叫来尹桢。

尹桢的老板有五十岁了，姓朱名欢，人称欢姐，高大的身形加上中年人小小发福的体态，在公司颇有顶天立地的气势。她笑呵呵着对尹桢说一切都会过去的，过上三五年回过头再看这些事简直不值一提。

尹桢说："您放心，我不会让这些事影响到工作，饭碗重要。"

欢姐笑："我就喜欢你有话直说的痛快劲儿。"接着打量她一身的行头，良久之后才说道："际宇离职了，我缺帮手，以后你就跟着我。"张际宇是她男友这事全公司都知道，他们好了很多年，此刻她提起张际宇的名字就好像随便说起街边不相干的张三李四。

"张际宇还好吗？"尹桢问道。据说是老板抛弃了他，作为同样被抛弃的失恋者，她关心他的现状。

老板看着她说："很好，在澳洲，我送他到新南威尔士大学读书。"说完她微微提了提嘴角，"我们认识的时候，他只是一个普通的地产销售，混到今天这一步，我没有亏欠他。"

"嗯，"尹桢点头，"您给他机会，把他扶上马又送了一程，他会念你的好。"

"我也这么想，能体面地分手最难得。"接着她深吸了一口气，"他的付出也让我感动，除了感情，他对工作不遗余力。"欢姐对这样的结局很满意。

"有同事说，分手后他哭得稀里哗啦，舍不得吧。"

"以后他会明白离开我是他最好的选择。"

"前有千古远，后有几万年，当下是最难熬。"尹桢突然感同身受。

"人的眼光要放长远。"

"您说得对，一辈子很长，比起有些人倾家荡产，妻离子散，这点儿痛苦不算什么。"尹桢很无奈地恭维她，做人家的伙计时刻提醒自己别忘了身份，老板说什么总是对的。

欢姐结过三次婚，跟每一个前任都有互动。有一年公司遭遇资金困难，她的某任前夫挺身而出拿出亿万资金帮她渡过难关，可见凡是老板总有过人之处。

结束那次谈话后不久，尹桢接到董事长办公室通知，陪老板到南美洲哥斯达黎加考察。临行前她到父母家收拾几件衣服，推开家门见到春知正坐在客厅跟爸妈交谈。春知变了，脸色红润，目光炯炯，更美更有风韵。见到尹桢，春知愣了两秒后，笑着欠了欠身说："回来啦！"表情那么自然，就像什么也没发生过。

尹桢瞟了一眼茶几上大红的喜帖，绷着脸走进自己的房间，关上房门，泪如雨下。没有人追上来问她最近过得怎么样。

客厅传来包医生一贯客气的声音："不好意思春知，我那天有个手术，婚礼就不去了，祝你幸福。"

"我……也是，要出差。"尹律师说。

春知大约也料想到这样的结局，说："叔叔阿姨我明白你们的感受，有你们一句祝福就够了……我能不能跟尹桢说两句？"

"尹桢最近工作忙，让她休息吧。"包医生说。

"那我就告辞了。"

又过了几秒，大约已经走到门边，春知哽咽着说出一句："叔叔阿姨，对不起。"

包医生不徐不疾的声音再度响起："别这样春知，我们全家为你祝福，今后的路要靠你自己走了。"

"希望我还有机会回来报答你们。"

"你过得好就是最好的报答。"包医生说话滴水不漏。

然后是关门声，春知走了，彼此也都明白，她这一走，再不会回来。尹桢一家呵护她们母女俩那么多年，她也真心实意报答过他们，即便不够，也已穷尽了浑身的力气，也算两不相欠。

待尹桢回到客厅，茶几上的喜帖已经被收起来了。尹律师看着包医生似乎带些责备地说："你说得太狠了点儿。"

"还要怎么样？我们一家对她仁至义尽了。"然后她看向女儿，"脸色这么差，要注意身体了。"

尹桢告诉他们工作上的变动，同时准备再打探一下岳鲁阳的消息，想知道他对自己有没有一丝一毫的愧疚。尹律师说，男人遇到这种事会因为羞愧而本能地逃避，他越是没有消息越说明他惭愧。

"就是说他没找过我。"尹桢的心底不是不失望。

"宽恕别人是对自己的救赎。"尹律师最近总是说这些叫人失望的话。关键的时候倒是包医生撑得住，她说："春知只是翅膀硬了，但还是不够聪明。即便有个女儿，跟岳鲁阳结婚也不是一个好的选择，换作我是她妈，我会劝她。"说完瞟了一眼尹桢。言外之意，她并不看好这段婚姻。

第 19 章

　　尹桢跟老板在哥斯达黎加出差一个星期，主要考察在 Uvita 小镇上的生态旅游项目。当地的合作伙伴开着吉普车带着她们在热带雨林里穿行，每晚住在不同的酒店以体验当地美食和休闲设施。旅行真的可以治愈心灵创伤，当她站在海边遥望远方或是坐在无边泳池仰望星空，只觉得天宇浩瀚，人类不过是茫茫宇宙中的一粒尘埃，朝生暮死，真是徒劳，每一天都快活才是正道。想到这些，尹桢哑然失笑。

　　晚上做梦，梦见小小的她坐在年轻的尹律师怀里，一句一句跟着他念："蜉蝣之羽，衣裳楚楚。心之忧矣，於我归处。蜉蝣之翼，采采衣服。心之忧矣，於我归息。蜉蝣掘阅，麻衣如雪。心之忧矣，於我归说……"

醒来时天微微亮，按下电动窗帘的按钮，犹如天幕被拉开，横跨雨林到海洋的景致和蓝天白云虫鸣鸟叫一齐涌进室内，尹桢心中竟涌起劫后余生的欢乐，不自觉念了一句："生命几何，慷慨各努力。"

中午在当地的村庄吃饭，欢姐端起酒杯看着她，笑说："今天看起来有点儿不一样。"

尹桢不好意思地摸摸脸说："有人样了是吗？"跟她碰了碰杯，"谢谢带我出来疗伤。"

老板挥挥手："你听过天下有免费的午餐吗？"

尹桢点头："好吃好喝好风景，人心就是这样被收买的，今后我为欢姐出生入死。"

对人最高级的拯救便是如欢姐这样润物细无声地将人拉出苦海。当然有代价，今后凡是跟她出差便免不了陪她喝酒聊天，一遍一遍听她讲人生经历直到天亮，第二天顶着黑眼圈还要照常出去工作。想到这些，尹桢又开始深深同情张际宇，陪了她这么多年，简直就是拿生命恋爱。人类通病——好了伤疤忘了疼，刚从水里爬上岸就开始矫情。

结束在南美的工作飞回北京，林琳来接机，送完老板回家后，林琳把车径直开上了通往市区的高速。旅途劳顿，尹桢一言不发地坐在后座养神，不知不觉竟睡着了。很久之后，林琳拉开车门叫她下车，下了车才发现这并不是她家车库。"这是哪儿？"尹桢四下张望着。

"医院。你不在的这些天出了点儿小麻烦。"电梯来了，她们走进去，"阿姨受了点儿小伤……"

尹桢犹如五雷轰顶："我妈怎么了？"

"有个住院的病人狂躁症发作把阿姨砸伤了，不严重，轻微的脑震荡，休养几天就没事儿了。"她赶紧圈住尹桢的肩膀，"叔叔阿姨怕你担心，没告诉你。"

尹桢这才发现离家那么多天居然没给家里打过一个电话。包医生说得没错，被惯坏的孩子心里只有自己。

走进病房，包医生睡着了，眼角的地方贴着绷带，额头和脸颊净是青紫。从没想到有一天见到妈妈这样，尹桢的眼泪哗一下涌出来，捂住嘴巴匆匆跑出病房到楼梯间失声哭出来，心中充满无助和委屈。

不一会儿，林琳走过来。"阿姨醒了，"她说，"她让我告诉你别担心。"

尹桢深吸一口气抹干眼泪重新回到病房，迎着包医生张开的双臂一头扑过去。"你怎么不告诉我？"说着话鼻涕眼泪一齐流出来。

"有你爸呢。"她摩挲着尹桢头发，"待一会儿就赶紧回家去吧，好好休息，还得上班呢。"

"我哪儿也不去，陪着你。"

"哪儿用你呀，有你爸呢。"

"我爸去哪儿了？"她抹一把脸直起身子问她。

"上午开庭，他一会儿就回来。"

尹桢突然觉得爸爸很不容易，照看长不大的女儿，又要陪护受伤的老婆。

林琳拿过一条热毛巾给尹桢擦脸，转身又拿过杯子喂包医生喝水。喝了两口她摆摆手对尹桢说："真辛苦了小林，你不在这几天全是小林为我跑前跑后。"

"哪里话阿姨，老大不在我做点事儿应该的。"

这话听着熟悉，像是春知嘴里说出来的。

临近中午尹律师开庭回来，见到尹桢，他像受了莫大的委屈，说："怎么也不打个电话！"

"你就不会给我打？"

"打了有什么用，已经发生了。"他拿个靠垫放到包医生身后让她坐得舒服一点儿，"过两天就能回家了。"顿了一会儿又说，"要我说干脆提前退休算了，现在的病人这么暴戾……"一碰到包医生的眼神他就不再说下去转而看向女儿，"谁能想到有一天医生也是危险职业了。"

有护士送来鲜花和一盒燕窝，说："主任，那个患者的家属又来了。"

包医生无奈地叹口气说："告诉小李我明天就出院，不要再送了。"

护士出了门，尹桢猛然反应过来是行凶者家里来了人，一股热血直冲到脑门，三步并作两步跟着护士跑到病区入口，抢在她前面大声问道："谁是小李？"

站在窗前背对着她的一个男人立即转过身答应着："我……"他看到尹桢怔了两秒，随后问："你什么时候回来的？"他一副见到熟人的表情。

"死混蛋！"尹桢已经冲上去对着他又踢又打，"我妈当了几十年大夫救人无数，凭什么要受这样的罪！你们还有没有一点人性！"

小李毫无防备被推到墙角，一言不发任尹桢打骂，直到林琳跟尹律师跑过来将两人拉开。尹桢像红了眼的公牛，不依不饶："你有本事把那个打人的混蛋带过来，我要杀了他！"

林琳奋力将她拽到走廊的一边，说："你闹够了没有！死者为大，人都走了，你还这么不依不饶有什么意思！"

尹桢登时愣在原地，林琳只说包医生受了伤，却没告诉她打人者已经去世。尹桢喘着气愤恨地瞪着林琳："你不早说！"又转脸看向另一边，尹律师正揽着小李肩膀走进电梯。尹桢又站了一会儿，兀自嘟囔了一句："真是福无双至、祸不单行。"

那天晚上尹桢在病房陪护妈妈，母女俩难得有这样的机会说两句私房话，岳鲁阳在这时候打来电话。尹桢看着电话屏幕上闪烁的岳鲁阳三个字，像突然中了魔法变成蜡人。

迎着妈妈探寻的眼神，尹桢照实说："岳鲁阳。"然后飞快地起身跑到楼道里按下了接听键，她听到了自己的心跳声。

"喂？"

那边岳鲁阳却挂断了电话。尹桢拨回去，没有人接，她失魂落魄，站了很久才回到病房。

包医生罕有地将尹桢揽在怀中，"过去岳鲁阳是真心对你好，迁就你保护你，也正是看中了这一点，妈妈才放心让你跟他走。"她一只手捋着尹桢的刘海，"你们俩就像是连体婴，当年用一把刀切开了，伤口都是血淋淋的。经过了这么多年，岳鲁阳不但长好了伤口还经历了蜕变，婴儿时候留下的那块疤在他身上只是小小一块印记。你不一样，你的伤口跟着你一起长大，貌似愈合其实只是结了痂，稍微受点儿刺激就破了，血水脓水一块儿流……现在怎么办呢，清创，消毒，缝合，给它时间愈合。"她看着天花板，像在说着别人家的事，"我倒是建议你约他出来喝杯咖啡，有话不妨说出来，藏在心里总归自己不痛快，说出来，或许舒服些。"

"我对岳鲁阳只有恨，他骗我。"

包医生笑笑："有时间让你爸好好给你讲讲人生八苦，生老病死，爱别离，怨憎会，求不得，五阴炽盛。说不定能帮到你。"

尹桢坐直了身子看着妈妈笑出来："你就不怕我看破红尘？"

"总好过病入膏肓。"母女俩相视而笑。

这话若被尹律师听见了怕是又要伤感好一阵子。包医生的确是有大格局的母亲，有超越母爱的冷静和胸襟，尹律师跟她比起来更加浪漫天真，不像律师倒像诗人，毕竟包医生几十年的外科经历见多了生死，他所见最多的只是痛苦。生死面前，痛苦算得了什么？

第 20 章

　　尹桢还是去见了岳鲁阳，约在尹桢初次碰见岳鲁阳和春知约会的咖啡店。尹桢就坐在上次春知坐过的位置上。

　　"阿姨怎么样了？方便的话，我和春知想去看看她。我们也是刚知道出了这样的事……"

　　尹桢登时明白过来，岳鲁阳打电话只是出于得知包医生受伤以后的客气，或许还是春知的主意。想到这里尹桢不由苦笑出来，几乎是用渴求的语气问他："你跟春知有爱情吗？"

　　"她是值得爱的女人。"他深知这句话对尹桢造成的伤害，于是又说，"我爱过你，甚至此时此刻还有爱的成分，但春知和诺诺更需要我，我们希望孩子能够在一个健全的家庭里成长。"他讲得诚恳又冷静，尹桢当刻就明白过来，岳鲁阳口中对她的爱，

102

不过是出于客气。她很想有骨气地站起身对他微笑说声谢谢然后转身走掉，但还是绝望地哭出来，拉住岳鲁阳的手问："我怎么办？我该怎么办啊？我还爱着你……"一不留神变成感情中的乞丐，最后的尊严也丢了。

岳鲁阳红了眼圈，他没有抽回被尹桢拉住的手，反而紧紧握住她的手："我想过很多种结局，唯独没想过这一种。如果十几年前我们一起出国，说不定是另外的样子……那时候我们太孩子气了。"话说到这个份儿上犹如路走到尽头，再也回不去了。

再一次，尹桢像被人偷走了灵魂，只剩下躯壳，开车回医院，她几乎忘了一路怎么开回来的。停车场听见有人喊她名字，转过身，看到昨天被她揍了一顿的小李。他看着她问："你不舒服？"

尹桢强打起精神说："昨天的事很对不起。"她已经没有力气再说话，几乎是跌跌撞撞走向电梯。小李从身后追上来说："你的事岳鲁阳都告诉我了。"尹桢瞬间愣住，不可思议地看向面前这个男人："你知道岳鲁阳？"

他走到她跟前，低了一下头，有点儿沮丧地叹一口气："合着你对我……一点儿印象都没有？"

尹桢一脸茫然。

"上回，撞车……你说我酒驾！"

尹桢这才想起她开新车第一天被人追尾的事来，面前人正是那个躲躲闪闪不肯下车的司机。转瞬她又记起了张大鹏和春知，想起她带张大鹏到春知店里吃饭，他说春知会很快遇到老相识，果然她很快就撞见了岳鲁阳和春知约会的一幕……尹桢端详着面前的男人，怎么也想不出来这个身形高大、五官端正、眼睛里充满智慧光芒的人为何如此带衰。她深吸了一口气，鼓足勇气开了口，"我能问你句话吗？你叫什么？李什么？"

"李牧航。"

"李牧航，自从遇见你，我没有碰上过一件好事你信吗？"话说出口又觉得好像有点儿伤人，顿了几秒打算不再说下去，蓦地又想起妈妈被打伤的事又恼怒了，"先是撞车，然后碰上那个骗子，紧接着被我撞见我闺蜜跟前男朋友在约会，俩人还有个孩子。好容易我出了趟差自己走出来一点儿吧，我妈被你爸打伤了……"尹桢痛苦极了，"我求求你离我远点儿行吗？真的，李牧航，我活了三十年了从来没这么丧过。自从碰上你，我三十年的霉运都找上门来了，咱俩保持距离，谢谢你了。"正说着电梯来了，尹桢跳上去把李牧航堵在门外说："你坐下一趟好吗，谢谢！"李牧航只能一脸无辜地看着电梯门关上，无可奈何地笑了笑走向自己停在不远处的汽车。

没等电梯上到十一楼病房，尹桢忽然想起李牧航说过的一句话，他分明说了一句："你的事岳鲁阳都告诉我了！"尹桢心中登时画了无数个问号：他怎么知道岳鲁阳？她出了电梯并没有着急走向病房，站在原地等着李牧航上来，直觉告诉她李牧航是来看望她妈妈的。电梯在十一楼几次停靠，并没有李牧航的影子，尹桢不免失望，她并不知道，李牧航是特意在停车场等她的。

进到病房尹桢看到妈妈打着点滴在休息，坐在一旁沙发上的爸爸见了她一副欲言又止的关切模样。尹桢并不知道，在她进来之前爸妈刚刚发生过不小的争执。

尹律师怪包医生不跟他商量就怂恿女儿去见岳鲁阳，他不忍心叫尹桢再受一点点的委屈。包医生却说该面对的早晚得面对，不叫人撅回来她怎么好死心？尹律师便不再说话，但架不住心里一阵一阵发酸，堵得慌。

看到尹桢进来，他忙从沙发上起来，像没事儿人一样地接过女儿的背包问："累不累？渴不渴？爸爸这儿有沏好的茶，喝一口。"说着递上自己的保温杯。

尹桢接过喝了一口，坐在沙发上定了定神把她和岳鲁阳见面的经过对尹律师和盘托出。迎着爸爸一脸的忧虑，她说："别担心，我会振作的。"人都是这样，失尽了尊严仍无能为力的时候才懂得捡回体面。

尹律师扭脸看向病床上假寐的包医生，她正对着爷俩微微地笑着，包医生就是有这样一切了然于胸的本事。

第 21 章

难得不用加班，林琳早早打发掉尹桢跑到妈妈的店里帮忙。

林琳妈冯彩珍从年轻时起就是食品柜台的售货员，到退休的时候还是，五十多岁的人劳作了大半生退休了闲不住，在继承下来的临街老房子里又开起了小店卖零食。拿林琳的话说，这辈子就跟售货员杠上了。

小店开在文艺青年和网红最爱的一条小胡同的深处，顾客多是小女生。思想老派的冯彩珍有很多看不惯，她是那种对人的喜恶都挂在脸上的人，遇到那些打扮乖张的顾客就不管营业额先管嘴上过瘾，一顿夹枪带棒的贬损，但现在的孩子不像林琳小时候那样老实，脑子转得快嘴也跟得上，一通唇枪舌剑之后常常是冯彩珍接不上话。等人家走了她就跟自己生闷气，后悔刚才哪句话没接上倒叫人家占了上风，日子长了添了心口疼的毛病。林琳对此颇不放心，因此时常到店里看看，自己家的房子，生意做成什么样是不用担心的，每次来都是叮嘱妈妈少管别人闲事，保重身体。

当初林琳在夜店上班本来很好，是冯彩珍哭着喊着叫她做回"正经人"，找了尹桢她们公司的"正经工作"才算罢了。林琳常劝她妈妈："我做你女儿被你管束着是没办法，人家闺女自然有自己的妈管着，且轮不上你呢！"冯彩珍便翻个白眼撇撇嘴长叹一声："这社会真是一代不如一代！"心里不痛快就要骂两句社会。

冯彩珍见过尹桢两回，林琳带着她到店里来拿吃的，每次大包小包装起来临走时她总不忘往冯彩珍怀里塞上几百块钱。冯彩珍当然是不肯要的，她也知道林琳能留在现在的公司，有这么个"正经工作"多亏了尹桢当初的一句话，更何况现在林琳是尹桢的助手。非但不要钱，冯彩珍更是多装两袋子芒果干给尹桢带回去，抛开林琳的关系不说，她是发自真心地喜欢尹桢的爽快。

这天林琳一进来，冯彩珍就忙不迭问起了尹桢的情况。

"尹桢他们家怎么着了这两天？"

"挺好的。"林琳拿起一块橡皮糖塞进嘴里。

"她最近心情好点儿没有？她妈怎么样？"不等林琳回答又自顾说着，"你说也真是的，平常没事儿是没事儿，这一下就全找上来了，怎么办呀这一家人。"

林琳又劝她："您管好自己吧，人家大房子大汽车一月收入十几万轮得上您操心？您有闲心多关心关心我爸。"

提到老伴儿冯彩珍就一脑门子官司："我关心他干吗，人一天天在外边开车自在着呢。"

林琳她爸林海年轻时在机关给领导当司机，后来自己开出租，前两年刚改了开专车。跟冯彩珍一样，林海也是挣钱多少无所谓，就为有点儿事干，心里痛快。非要再往深了问，恐怕最主要的是为了躲开她冯彩珍，很多年以前，他一边喝着酒一边对林琳说过这样的话："你妈这辈子要不是碰上我这种胆小儿的，早过不成了，她那张嘴，给她一个精神病她能给人说好喽。"

林琳大笑："您还是爱她，您不爱她早离婚了。"

老林就激动地敲着桌子说："你问问她我离家出走过多少次？要不是让她找着，流着眼泪求我我都不回来……"最后叹口气，"我就是心软。"

冯彩珍就在旁边笑："你要不满意现在接着往外跑，看我找不找你！"

"我这不是跑不动了嘛！"老林一副认了命的架势。人人都是一本书，翻开哪一本都是充满了故事。

这样的一家人也算其乐融融。

正说到老林的时候林琳的电话响起来，她看了一眼电话，扭脸跟妈妈说："我爸。"把电话递过去。冯彩珍接起来就问："你跟哪儿呢？"说着说着脸色变了，忙不迭又把电话递给林琳，"快，快，你爸有事儿跟你说。"林琳拿过电话听了两句，安慰他："没关系没关系，您先别着急，先报警，再给我发个位置，我这就过去。"

"怎么了你爸，出什么事了？"冯彩珍慌慌张张地问。

"拉个活儿，有人追上来不让走，把车砸了。"林琳说完扯过背包就出了门。

事发在一个高档小区的门口，林琳从出租车上下来的时候正看见她爸比比画画跟警察说着事情的经过。背身站着个男的抽着烟，右侧后车窗的玻璃碎了一地，一个穿着卫衣、扎着丸子头的女孩儿一脸无所谓地斜着身子坐在后座。林琳跑过去，径直问她爸："怎么回事？"

现场的人纷纷转头看她，抽烟的男子转过身来，看到林琳眼前一亮："你怎么来了？"林琳这才看清楚那人是杜北。

老林向警察介绍这是他女儿，警察安慰她："没事儿没事儿，别紧张，男女朋友吵架把你爸车砸了。"

林琳扫了一眼那女孩儿，她仍是一副无所谓的表情把脸扭向一边。杜北倒是有点儿不好意思走近了跟她解释："不是女朋友，就是一个小妹妹。"说完了转向林海说："对不起您了叔叔，我这小妹妹不懂事让您受了惊吓，您放心，我这就叫人来把车拖走给您修好。"

警察听见他这么说便揶揄他："你早这态度不就完了，再说就算这车不是你砸的，这事不是因你而起的嘛。"

杜北紧接着解释："我跟她真不熟。"瞄了林琳一眼接着说："朋友的朋友，非觉着我好，非要跟着我，不信您问她。"有一种男人喜欢向人炫耀女人喜欢缠着自己，这让他无比自信和欢心，仿佛自己是天生骄子，明眼人却避之不及。

迎着众人的目光，女孩儿大大方方走到杜北身边，说："喜欢一个人有什么错？"

警察哭笑不得："你喜欢谁那是你自个儿的事儿，你砸人家车就不对了。"

"我警告他了呀，要敢开车我就砸。"

那样有恃无恐任性的表情叫林琳冒出冷汗，她上前挡在爸爸前面，对她说："照这么说，你喜欢的东西多着呢，怎么不砸运钞车，怎么不砸大街上劳斯莱斯凯迪拉克去呀！无非就觉着我们穷家小户好容易有辆小车不敢把你怎么着嘛，你去砸运钞车早叫人打死了，你砸人家豪车早叫人揍了……欺负人也不带你这么欺负的，你大姑娘家家的自个儿没脸没皮不要紧的，连累我们就不好了。"

不等那姑娘说话，杜北激动得鼓起掌来。林琳瞄了他一眼，拿过爸爸手里的车钥匙交给他："你不是说叫人来开车嘛，修好了给我打电话。"

回去的路上林海一直追问林琳怎么认识的杜北，话里话外叫她躲这种人远点儿。做父母的总怕儿女上了坏人的当，但是往往怕什么就来什么。当天晚上，杜北就到林家拜访，美其名曰赔礼道歉。

杜北来之前，林琳一家人正吃着晚饭，一家子顺着下午车被砸的话头儿就说到了杜北是个怎么样的人。林琳便把杜北和徐春知、尹桢的关系详细地讲了一遍，说到尹律师为了徐春知请杜北喝酒，她被尹桢拉去陪酒一段儿，冯彩珍对尹桢一家称赞不已："尹桢一家对徐春知真是有情有义，你说她怎么就忍心抢人家男朋友恩将仇报呢？真是知人知面不知心。"

林海瞪着她："我看这个杜北也不是善类。"他毫不避讳对杜北的忌惮。

"哼，下流又不自知，吃了没文化的苦。"林琳打从心眼里看不起他。话音落下，杜北就敲门了，冯彩珍诧异地看着眼前拎着大包小包礼品的年轻人问："你找谁？"

"这是林叔的家吧？"

看见杜北的那一刻，林琳手里的筷子几乎掉下来。赶紧跑过去问他："你怎么找到我们家来了？"

杜北一笑："我能掐会算。"瞥见身后的林海，忙扬了扬手里的茅台酒说："叔叔今天的事儿特别抱歉，也不知道您喜欢什么，给您带两瓶酒是我一点心意。"不由分说把另外的礼物塞到林琳手里说："这是给你的。"

林海愣了两秒后说："不用这么客气，我也不喝酒，你把车早点儿给我开回来就成。"

"车他们弄着呢，最晚明天下午给您开回来。"顿了两秒，又说，"我还有点事儿，就不打扰您了，我先回去了。"放下茅台酒转身就走，冯彩珍招呼他："进来坐一会儿。"

"司机在楼下等着呢，下次再来拜访您。"

短短几分钟的时间，冯彩珍已经被杜北的风度气质征服，一晚上都在嘟囔徐春知忘恩负义和没福气。她倒也没好意思直接说杜北是如何好，她在咒骂徐春知的同时已经坚定地站到了杜北的战壕里，就跟戏剧里那些仰慕男主角的女配角狠声咒骂男主角的前任是一个样。

第 22 章

　　对于杜北这类人，林琳心里当然是有数的，他当然还算不上纯粹的坏人，亦正亦邪且贪慕虚荣。想让他本分起来倒也容易，画一张他想要的大饼挂在天上，叫他时刻垂涎欲滴却求而不得。可是谁又有那样的本事一辈子陪着人演戏而不知疲倦？

　　转天一见到尹桢，林琳就把她拉到茶水间说了前一天跟杜北相遇的经过。尹桢听了不免对林琳多出一份敬意，当年的春知那样轻易成了杜北的俘虏，林琳到底是被父母捧在掌心的孩子，心明眼亮，不那么急切抓住人家随手试探一下的关怀。两个人说了几句后，尹桢便把她跟岳鲁阳见面的经过详细说给林琳听："他在这个时候找我，跟我说他很矛盾，你觉得是什么意思？"

　　林琳忽闪着眼睛，拿着茶杯低头啜了两口，然后看着尹桢笑了出来："干脆你去参加他的婚礼吧。"

尹桢怔了两秒，看着林琳戏谑的表情情不自禁也笑了出来，明明是自己的事情，却是旁人看得最明白。

尹桢陪欢姐出去见客户，欢姐说起跟了她二十年的司机老丁要提前退休回去看孙子，不由得叹息："你看我一把年纪孑然一身，不知道将来该怎么办。"回了公司没多长时间欢姐又拉着尹桢陪她去参加酒会，果然人都是说一套做一套，一边恐惧老无所依一边不忘了及时行乐。

酒会是企业家协会为了欢迎法国华侨举行的，欢姐是副会长，她要致辞，跟每个人寒暄、合影留念。尹桢躲在一个角落里看着她光彩熠熠的模样，心底突然冒出一句不合时宜的话：笑容有多甜泪就有多咸。每一个和欢姐一样的女人，都是经过撕心裂肺的蜕变，死去活来之后才修炼成处变不惊的勇敢。尹桢对她心生敬佩，走上前将她抱住，欢姐吓了一跳，哭笑不得："我还以为你是个明白人。"

"虽然你是我老板，还那么有钱，但是我很心疼你。"说着话，尹桢眼泪都要掉了下来。

欢姐看着她，她笑着说："傻瓜，同情心泛滥容易叫人利用。"

"无所谓，反正已经成了资本家的包身工。"尹桢破涕为笑。

"真的心疼我就赶紧帮我找个司机。"

"遵命。"两人相视而笑。

尹桢去卫生间补了个妆，回来的时候在宴会厅门口看见了李牧航，他正跟几个年轻人聊得起兴，手势略微夸张地打到旁边男士的肩膀，正开口说抱歉的时候瞥见了一直盯着他看的尹桢。李牧航端着香槟走向她，颇无奈似的，说"又见面了。"

尹桢似笑非笑乜着他。

李牧航干脆承认："看来咱俩比较有缘。"

尹桢看着他不紧不慢地说了一句："你说这话像是在撩我。"

李牧航愣了两秒，突然伸出胳膊揽住尹桢的肩膀，压低了声音在她耳朵边吹着气说："这，才像撩你。"说完飞快站直了身子含笑看着她。

尹桢被他突如其来的举动弄得慌张，竟有些心跳加快。"果然是'老司机'。"她故作镇定地说。

"对不起啊。"

"嗯？"

"我这个人比较带衰……你说的。"

尹桢蓦然想起上次在电梯间遇见他的情景。"无所谓了，"沉默了两秒她又像振作起来一般，"否极泰来侬晓得伐啦，衰到谷底就该反弹了。"

李牧航被逗笑了："说得跟真的一样，喝一杯？"

"不了。"尹桢不假思索地拒绝，她还没准备好对岳鲁阳的密友敞开心扉。

有些经历的成年人交流起来比较简单，一叶知秋，听个话头儿便能想象接下来发生什么，先是出去喝一杯，微醺之间必定说些掏心掏肺的话，血淋淋伤口展示给人看有什么用，羞辱依然是羞辱，烙在心上的伤疤，不脱胎换骨拿不掉的。

晚上尹桢失眠了，拿人钱财与人消灾，急老板之所急，她先给林琳发了微信，劝说林琳让她爸第二天到公司上班做欢姐的专职司机。接着想起了李牧航，从撞车开始回忆了跟他的每一次相遇，突然对他的背景产生了兴趣，于是给江湖骗子张大鹏打电话。电话才滴了一声，张大鹏就接起来："你怎么想起给我打电话来了？"

尹桢有些尴尬："那个……李牧航的微信你有吗？"

"你找他啊，等会儿。"停了两秒，电话那头传出李牧航的声音："谁找我？哪位？"

尹桢手一哆嗦差一点儿就挂了电话。"那个……"她硬着头皮往下说，"是我，尹桢。"

"这么晚了还不睡？"听得出李牧航声音里的意外。

"是，我……没想到你们在一起，我明天一早要到保险公司给我妈办理赔，她不是意外受伤了嘛。"

"哦。"李牧航登时重视起来，"我能做点儿什么？"

"保险公司需要你那边出一个现场情况的说明，需要你签字的。"尹桢随口胡诌一个理由，还算完美。

"没问题，没问题，我准备好跟你联系。"

"很好，那没事儿了。"不等对方回答尹桢挂了电话。原先只是短暂失眠，挂了电话以后彻底睡不着了，百无聊赖翻看朋友圈借以杀掉时间。蓦地想起了拉黑了很久的春知，好奇心驱使之下点开她的朋友圈，看到他们一家三口照片的那一刻，尹桢的心脏像被人攥了一把——岳鲁阳和春知并肩而立，春知满脸的幸福和恬静，诺诺穿着白色礼服抱着捧花站在两人中间，明眸皓齿，这样漂亮、端庄、充满爱的一家人，尹桢曾把他们中的每一个视作血肉相连的亲人，然而她现在失去了他们中的每一个……尹桢叹息。

市中心顶楼的平层公寓里，李牧航和张大鹏坐在露台喝啤酒，一个美国老板请张大鹏过去发展，听说那里正兴起一门新的学问叫"fengshui"。

李牧航挂断尹桢的电话，张大鹏瞄了他一眼，没头没脑地说了一句："尹桢真是一点儿都没变，十二年前我刚碰上她们的时候她就这样，牙尖嘴利不吃亏。"

"然后呢？"李牧航扭脸问他。

"思想决定行为，行为决定习惯，习惯决定性格，性格决定命运。"张大鹏顿了一下，"她就是没摔过跟头，太天真，人怎么才能长进？就得经历痛苦，这点上她跟徐春知可没法比，徐春知吃一堑长一智。"

李牧航不以为然："这话什么意思，比惨吗？"

"你们俩不合适。"

"你真拿自个儿当大师啊！"李牧航白了他一眼。

张大鹏不好意思地笑了："好歹也在江湖混了那么多年！"

张大鹏也是个传奇人物，早年闯荡江湖的经历使他显得少年老成，说话做事都充满套路，他对许多人许多事没有信任，尤其不信任任何言语。他习惯察言观色，依靠眼睛搜集到的信息加以分析判断，以至于他有时看起来有点高深莫测。

两人在露台喝光了家里的啤酒，张大鹏起身走向卧室，突然转过头再次警告李牧航："相由心生，尹桢这个人太能折腾了，跟她在一块儿很累。"

"你怎么知道？"

"都在她脸上写着呢。"

"你看见了？"

"看见了。"张大鹏气结，不耐烦地回他一句，"她脸上写着'不叫人省心''麻烦'，稍微用脑子想想就知道！"顿了一下继续说，"我们大家相识一场，该说不该说的我都说了，明天我就去美国了，你自己多珍重。"

"不混到比尔·盖茨御用风水师别回来见我。"

两人相视而笑。

"其实我不是什么大师……"张大鹏突然不好意思地看着他说道，"不过有时候连我自己也会有那种我就是大师的错觉。"连忙又补充，"我也不是骗子，如果非要让我给自己安个啥头衔，心理学高手吧……"

李牧航摆手打断他："想回头已经来不及了，您就是风水大师，走出国门蜚声海外的易经大师，谁问你都得这么说。"

"记住了。"

李牧航对他会心一笑，接着起身站到窗前若有所思看向城市远方的灯火，想一些玄而又玄的东西，蓦然发觉最近他生命里所发生的重大事件居然如此巧合地跟一个叫尹桢的人交织在一起：她是他合伙人的前女友，他于千万辆车之中追了她的尾，父亲在医院狂躁症发作打伤了的医生偏偏是她的母亲。更加不可思议的是，他对尹桢有一种天然的亲切感……李牧航想不明白，命运在他和尹桢之间究竟进行的是什么样的操作，开玩笑吗？

　　第二天一早李牧航先到机场送走了张大鹏，之后到尹桢办公室找她。尹桢顶着黑眼圈到公司，进门就看到了李牧航，他穿着浅咖啡色休闲西装，目光炯炯，嘴角微微上扬露出礼貌的笑容递上一个文件袋说："你看看，这样行不行？"一副很好脾气的样子。

　　尹桢淡淡"哦"了一声接过来，说了声谢谢后低头走向办公室。

　　李牧航站在原地，仍保持着之前的笑容，说："那回头见。"

　　听到这话尹桢已经走出去好远，她扭身看向李牧航，四目相对，尹桢一下被他清亮的眼神击中，怔了几秒。"再见。"她说。

　　"中午有时间一起吃饭？"

　　"再说。"尹桢快速转身进了办公室，突然心跳加快。

　　林琳带着爸爸林海在办公室等她，见她进来，林海忙起身说："你好。"

　　"您好林叔。"

　　"人我给你带来了，能不能胜任就不知道了。"林琳言语间带着不悦。

"林叔没问题，比你吃苦耐劳。"尹桢讨好地对她笑，扭脸跟林海解释："丁师傅退休回去看孙子了，老板离不开人，这不把您请来了。"

林海看了林琳一眼说："那我就先试几天，干得不好你就直接说。"

"我对您有信心。"尹桢笑着说，林琳白她一眼转身出了办公室。

接近中午，欢姐到了公司，尹桢带着林海到她办公室，接着由人事部的同事带他去办入职手续。欢姐得知新司机是林琳的父亲当即赞许地对尹桢说："知道你办事妥帖，但没想到这么妥帖。"

尹桢一笑："我疼您嘛！实在过意不去就涨工资。"

欢姐张开双臂抱住她："谢谢你！工资就算了。"谁都不傻。

林琳拿着文件找尹桢签字的时候忍不住嘟囔："这事我怎么有点儿转不过弯儿来，明明是你讨老板欢心，我怎么把我爸搭进去了！"眉眼间透着不满，尹桢也不生气，笑嘻嘻看着她说："老丁儿子结婚的房子都是欢姐买的你知道吗？你不谢我倒罢了，反过来倒像我坑了你似的，多少人挤破脑袋想来呢！"

"我们家几套房你知道吗？"一句话又把尹桢闷了回来，跟一个拆二代谈房子？

"人只活这一辈子，如果有机会还是应该看看别人怎么活。"尹桢换了一个思路开导林琳，"如果不是讨生活那就更简单了，跟着欢姐，让林叔看看不一样的活法。"顿了一下又压低了声音，

"你不觉得你爸活得太本分了吗？"尹桢对林琳挤挤眼。

林琳拿她没辙，说："我真佩服你，本来就一个伺候人的活儿，愣让你说得这么高大上。"

尹桢哈哈大笑："学着点儿！"

林琳不放心："我爸这辈子都在我妈领导之下，这要是跟着欢姐开了眼界，晚节要是不保怎么办？"她重重地叹口气。

林琳的担忧不无道理，许多人循规蹈矩只是因为没有机会看到另一种生活，一旦发现另外一种世界便会飞蛾扑火。尹桢依然觉得林琳的担忧多余，因为林琳爸爸给人的感觉是骨子里带着本分。

第 23 章

　　中午尹桢接到李牧航的电话，他在楼下等她。尹桢拉着林琳下楼，听说跟李牧航吃饭，林琳还有点儿意外："他怎么也没告诉我？"尹桢不解："你跟他很熟？""还行。"林琳不愿多说，跟着尹桢走进了公司附近一家茶餐厅。

　　林琳第一次见李牧航是在包医生被打伤的那一天，包医生带的实习生慌乱之中把电话打到尹桢办公室，林琳接了电话就往医院跑。电话里她已经对事情经过有一个大概了解，所以在医院国际部楼前见到警察拉起的警戒线也并不惊讶。她穿过嘈杂的大厅去坐电梯，电梯从地下车库升上来，门一开她就一头撞进去，看到电梯里戴着墨镜的李牧航林琳愣了一下，心说从地下车库上来还戴着墨镜您是多有毛病，抬手要去按键才发现他们俩去一个楼层。电梯门一打开，恰巧有护士经过，林琳拉住她问包医生现在什么情况。

"主任的情况已经平稳，头面部有几处软组织挫伤和轻微脑震荡，刚才吃了药已经睡着了。"

林琳正要再问包医生在哪个病房，不想跟她一起上来的墨镜男先开了口："主任在哪个病房？"

"24床，"护士伸手指了指身后，"最里边那间。"

林琳于是问他："你是？"

"哦，我是……"他有些局促地摘下墨镜，看着林琳说，"我叫李牧航，打伤包主任的患者是我父亲……"提到他父亲，摘下墨镜的李牧航一下子又红了眼圈儿，"特别不好意思没有第一时间赶过来，因为花了一点儿时间处理我父亲的事……"

林琳猛然想起电话里护士跟她说的，打伤包主任的患者已经跳楼身亡，不禁对他有些同情。"哦，没事儿没事儿，您也……节哀……"顿了一下马上又说，"我叫林琳，包主任女儿尹桢的助手。尹桢到南美出差去了，所以我赶紧来看看。"

听到尹桢的名字李牧航一震："你说谁？尹桢？"

"对，尹桢是我老大，包主任的女儿。"她当时只是奇怪，为什么李牧航听到尹桢的名字会有那种呆呆的表情，后来才明白，彼时李牧航已经知道了尹桢所有的事，只是没有想到她是包主任的女儿。

这个世界上人和人之间往往有着奇妙关联，你永远不知道自己身上发生过的那些故事被人怎样传说，又传到多遥远的地方。对尹桢来说，李牧航肯定不是那个不相干的人，他是岳鲁阳的好哥们以及投资人，理所当然知道她所有的事。

从包主任病房出来，李牧航安排司机送林琳回家，并且添加了微信。又过了几天，李牧航约林琳到丽思卡尔顿喝咖啡，当然，天下没有免费的午餐，他约林琳是想知道尹桢更多的事。

李牧航喜欢尹桢，这件事林琳一早就知道。

老远看见林琳跟在尹桢身后，李牧航对她挥挥手，林琳故意等尹桢坐下之后才落座，装得好像很客气，李牧航见她这样，也就没再说话。尹桢看看林琳问："你们不是很熟吗？"

李牧航看向林琳，林琳并不回答尹桢，拉过菜单一边翻着一边问李牧航："茶餐厅吃得惯吗？"

尹桢诧异地看她："你很了解他？"

林琳若无其事瞟了她一眼说："不是跟你说了吗，一般。"然后看着李牧航一笑："我算了解你吗？"

"你们俩要因为我打起来，那我得多不习惯。"

"你可真敢想。"尹桢掏出手机扫了桌上的点菜码递给林琳，"点吧，按你朋友的胃口来，我请客。"

林琳便接过手机不客气地翻看着菜单，不时征询李牧航的意见："咖喱能吃吧？"她故意的。

"没问题。"

"烧鹅跟叉烧一起拼？"

"可以。"

"主食来一锅煲仔饭行吗？"

"随便。"

尹桢赶紧插话："我要滑蛋粥。"迎着李牧航不可捉摸的眼神，竟有些尴尬，也的确尴尬，当着外人，林琳竟不给她面子。

选好了菜，林琳跟李牧航有一搭没一搭地聊着将尹桢晾在一边。菜端上来还没动筷，同事给林琳打来电话要她去接待一个临时到访的客户，尹桢说要不她去，林琳捏了一块烧鹅放在嘴里说："算了吧，吃完别忘给我打包。"火急火燎地跑回了办公室，走时不忘拍拍李牧航肩膀："多吃点儿。"

林琳一走剩下尹桢和李牧航相对而坐，气氛多少有点儿干巴巴，一时间也找不到话题。李牧航看看林琳的背影称赞她："林琳这姑娘挺大气的，我有好几次都想把她挖走。"

"我不知道你们这么熟，很多事我都是最后一刻才知道，没有人告诉我。"尹桢若无其事地说着，似有所指。

李牧航是聪明人，便把和林琳相识以及后来他有几次约林琳吃饭都讲了一遍，不等尹桢发问，又讲了他在加拿大初次见到岳鲁阳的旧事。

七年前在皮尔逊机场，岳鲁阳从进到候机厅开始就在电话向老板里汇报工作。李牧航当时就坐在座椅的另一边，两个人背靠着背，一个讲，一个听，足足过了一个多小时，直到通知登机，岳鲁阳才挂断电话。走向登机口的时候，两人对视了一眼，李牧航主动向他伸出手，用中文说："幸会，不好意思刚才听到你打电话，麦迪逊公司的 Judy 汪是我师姐。"更巧的是，登机以后两个人的座位相隔不远，一位友善的老人主动提出可以和李牧航调换座位，以便两个年轻人聊得畅快。在感谢了那位老人之后，李牧航坐到了岳鲁阳身旁，多伦多到温哥华五个小时的飞行变得短暂，年纪相仿的两个年轻人生活在异国他乡，总有说不完的话，有关过去、现在、不远的将来以及爱情和理想，他们成为挚友。之后，李牧航先行离开加拿大回国创业，用金融的思路投资文娱产业大获成功，再后来岳鲁阳被一家跨国公司派回中国任职，李牧航说服他辞职创业，而李牧航则成为岳鲁阳公司最重要的投资人。

听着李牧航的讲述，尹桢暗自形秽——这十年里自己窝在小小安乐窝除了年纪渐长人生并没有向前跨出半步，而李牧航和岳鲁阳这些人已经脱胎换骨，从国际穷学生到战战兢兢的职场新手再到跨国公司里备受老板器重的资深职员，他们吃过很多苦，学到很多本事，然后突然蹬掉旧日安逸，毫不留恋跳槽站到更高的地方，以便得到更多看得更远，玩命给老板赚钱的同时也积累自己应得的那一份，不只是财富，还有野心……他们这些人像苍鹰那样时刻保持机敏以便机会到来，哪怕稍纵即逝也能紧紧抓住，像箭在弦上，一直绷一直绷直到不能再紧，即将断裂的时候一飞冲天，跨越阶级成为财富的新贵……尹桢不是这样的人，她从小被尹律师宠坏了，贪图安逸，否则不会十年如一日窝在同一个公

126

司不想动弹。从小什么都不缺的人，通常都没有野心。

眼前的李牧航使尹桢不自觉地仰望，尽管她并不喜欢仰望一个人的感觉，但他的经历的确有些不寻常，一个靠自己的智慧和勤奋成功的人值得敬佩。

好感总是在一瞬间产生，尹桢从此不必在他面前端着清高的架子，这也使她如释重负。于是她坦然地舒了一口气："以前的事的确让我心碎，但我已经活过来了。"

"忘记一个人不容易。"李牧航看着她说，"最好的办法是尽早谈个恋爱，"他半开玩笑似的，"需要的话，我可以给你介绍，我手里大把的人。"他对她挑了挑眉毛，恶作剧似的笑。

"谢谢，我没兴趣。"

"你瞧，受一次打击丧失信心就不对了，你得相信，这个世界上那不开眼的人多了去了。"他故意逗她，"你怎么知道自己捞不着好的？再说你也不差，听我一条一条给你分析……"

尹桢打断他，慢悠悠地说着："你知道吗李牧航，男人的恭维和赞美对女人来说是一种诱惑，我会不由自主爱上你所描述的我自己，尽管那不真实，但那的确会让我心生欢喜。进而我会特别期待见到你，因为一见到你就会听到你那些动听的话，然后我可能……"尹桢突然又停住，思忖着该用个什么词更合适，"喜欢你。"说完这三个字她就后悔了，脸上一阵阵地发烫。

"明白，"李牧航点点头，"就像包法利夫人，男人的甜言蜜语是女人的诱惑。"突然他探过身子靠近尹桢，用一副认真的表情说:"尹桢,人如果活得太明白很没意思的,我们男的追女孩统共就这么几个路数,你都提前弄明白了,你叫我们怎么往下继续?"他夹起一个鸡腿放在尹桢面前说:"但还是值得奖励一个鸡腿。"

一顿饭的工夫李牧航彻底颠覆了尹桢以往对他的认知。尹桢一直觉得他是一个木讷、懦弱又缺少情趣的人,不想他居然那样风趣,言语间甚至能感觉到他对生活的那份满满激情。又一想,也难怪,前几次见到李牧航他都是带着歉疚和负荆请罪的心态,再加上他父亲刚刚离世,人在深陷痛苦的时候总是显得呆板。面前的李牧航显然已经开始摆脱痛苦了。

人都只活一辈子,一定要常和有趣的人在一起,他们保持孩童的心,干净纯洁。

第 24 章

　　人的心里是藏不住爱的，心里住着一个爱的人便会时常想起他，进而迫切想要知道此时此刻他在做什么，想什么，听什么音乐，跟什么人在一起，无时无刻不挂念对方。尹桢不论何时打开微信，李牧航的消息总是第一个跳出来，他挂念她。

　　李牧航是运动高手，篮球打得尤其好，有好几次尹桢到篮球馆去看他打球，看着他上下翻飞挥汗如雨，浑身散发着荷尔蒙的气息，竟不自觉想起她在高中时短暂交往过的学渣——那个总是在篮球场被外校女生组团围观的男生。他长什么样尹桢已经不记得了，当然也并不重要，重要的是，尹桢会对着吱嘎作响的球场产生一种很奇妙的遐想，就像她当年在高中篮球场外看学渣打球，自己像一个真正的高中女生。经历了那么多年的等待，走了那么

129

多弯路，三十三岁这一年尹桢总算等到一个人。

尹桢不在家的日子尹律师很不习惯，大周末他就焦灼地在书房和客厅之间走来走去，皱着眉头像思忖着天大的事。包医生问他是不是碰上缠手的案子了，尹律师便神秘兮兮地凑过去，可怜巴巴盯着她问："你说尹桢现在在干吗？"包医生气得一巴掌打开他，拿起平板躺到沙发上去追剧。

包医生并不属于中国传统定义中的贤妻良母，她嫁给尹国栋几十年一直活得骄傲，很大程度上是因为她生下尹桢给了尹律师一个女儿之后转身继续做她自己，走出这个家门，她不是尹太太，不是尹桢妈妈，她是医学专家包晓禾主任。尹律师则不然，走出家门他是叫对手闻风丧胆的律师，能文能武办法奇多，但凡踏进家门，就如同卸掉铠甲的将军即刻化身慈父，尹桢不住在家里，尹律师每天都像丢了东西似的焦灼。

"你自己的女儿什么样心里没数儿吗？"包医生抬眼看着他说，"其实人家自己在外头好着呢，根本想不起来你这个老父亲！"言语里带着对她丈夫的恨铁不成钢。

"要不我还是去看看她吧，反正又不远。"尹律师到厨房装了大包小包的零食，拿了车钥匙打算出门去看女儿。刚拉开家门，他女儿神采奕奕地出现在门口，身后站着神情拘谨的李牧航。尹律师愣了几秒，努力地稳定了情绪："怎么回来也不说一声！"退回到客厅后招呼李牧航："快请进。"

包医生已经从沙发上起身，看尹桢大摇大摆的模样便已明白了大概。

"很久没来看您了，阿姨您和叔叔都好吗？"李牧航恭敬地递上手里的花篮并看了一眼身旁的尹律师。

"都好，"包主任对他的到来并不显得特别惊奇，就像对待常见的朋友那样自然地接过花篮，"这花真漂亮。"扭过脸去嗔怪尹桢，"带客人回来也不知道提前打个电话，家里都没收拾。"

尹桢自顾自地吃着茶几上的樱桃，说："不用收拾，比我那儿干净多了。"

李牧航也说："不用客气阿姨，自己人。"

包医生忙着洗水果、泡茶招呼李牧航，尹律师坐在客厅对着两人仍是摸不着头脑："你们……怎么……在楼下碰上的？"

包医生端着水果走来，打断尹律师的话："一会儿就在家里吃饭吧！冰箱里还有昨天刚买的鳕鱼、黑虎虾，尝尝我的手艺。"

"对，我再出去买点儿青菜。"大律师一秒钟变身采购员，脸上每一条皱纹都透着情谊殷殷。

"不了，"尹桢看一眼李牧航说，"我们一会儿还去看电影，上来看一眼喝点水就得走。"

"哦，"尹律师略显失望，"那晚上呢，晚上吃怎么样？"

包医生看他一眼："看完电影就该饿了，估计就得外头吃了。"

"也是，"尹律师点点头，看着面前的尹桢和李牧航一时不知道该说什么了，"你们……"他似乎预感到了什么，但又不敢确定，转而对李牧航说："以后没事儿就到家里来坐坐，尹桢不在家，我和你阿姨太闷了。"话音落下，客厅里陡然变得安静，接着尹桢大笑着拉起李牧航的手说："爸，我发现你这人真是……还律师呢！"

包医生笑而不语看着尹律师，他这才恍然大悟似的。"哎呀，你们两个……真是的，我怎么就没想到呢！"尹律师激动起来，"爸爸要替你庆祝！"他眼里像飞进了两颗星星那样闪烁着光芒，之前的愁云像被春风吹散了，"这是咱们家的大事！晚上我要开瓶好酒庆祝一下！"

那天晚上，尹桢和李牧航看过电影又回到家中陪尹律师喝酒。尹律师望着坐在对面的尹桢和李牧航仍抑制不住地激动，一想到他视若珍宝的女儿，吃了那么多苦头，拣尽寒枝不肯栖，终于找到心灵的归宿，尹律师简直要把李牧航绑在家中再不肯放他走。尹律师阅人无数，他一早看出李牧航不是那种平庸的年轻人，他有好的教养，说话时会温和地平视人的双眼，习惯聆听，即便是初识在那样叫人窘迫和不堪的时刻（父亲打伤医生后跳楼身亡），眼睛里满是绝望的哀伤看起来仍然镇定。对成年人而言，镇定是一种高贵的品格，保持安宁的心而临危不乱难能可贵，镇定意味着一个人不逃避，有担当，值得信赖。尹桢找到这样的伴侣，尹律师很欣慰。

那天晚上尹律师喝醉了，饭桌上大骂岳鲁阳，怎么可以那样践踏尹桢的感情，害得尹桢像死过一回。包医生无可奈何地对李牧航摇摇头说："说不定哪一天尹桢出去杀人放火他都去做帮凶。"李牧航一边笑着拉住尹桢的手一边说："岳鲁阳不是坏人。"他只说了这一句。

"小李做什么工作？"包医生冷不丁问他。

　　李牧航跟尹桢对了下眼神，将过往讲给包医生听。包医生只是聆听，不时看向一旁昏昏欲睡的尹律师，偶尔插句话问起李牧航在国外的生活。当说起和岳鲁阳的交集，李牧航显得有些忐忑，然而包医生的脸上始终带着微笑，像在听旁人的事，她总是这样喜怒不形于色。

　　当晚，送走李牧航后尹桢住在家里，鲜少喝醉的尹律师心花怒放之后沉沉睡去，尹桢帮忙清理过厨房后母女俩沏一壶花草茶在餐桌两边坐了下来。

　　夜色沉静，月光从窗边纱帘没有盖住的地方倾泻进来，映照着包医生曾经棱角分明却被岁月打磨得温润如玉的面庞，尹桢凝视着她，像个小女孩仰望着她一刻也离不开的妈妈。母女俩之间上一次这样互相凝视还是十几年前尹桢上大学的时候，包医生去看她，不想成了会"亲家"，毫不知情地被拉到酒店跟岳鲁阳的父母见面。吃过晚饭回到酒店，打开岳鲁阳妈妈带来的礼物包装，首饰盒里静静躺着一条红宝石的项链。尹桢原以为妈妈会恼怒——毕竟这一切对她来说太突然了，而且她最不喜欢收人家礼物，况且是这种儿女关系中对方给出的莫名其妙的见面礼，如此贵重。然而那天包医生竟招呼尹桢为她戴在脖颈上，并且还去照了照镜子表示她很喜欢。那时尹桢便已经明白，妈妈满意的不是红宝石项链，而是岳鲁阳，或者更具体一点，妈妈满意的是岳家人对女儿的态度，五星级酒店的晚餐和贵重的礼物代表着尹桢在那一家人眼中的地位。

在这个世界上仍然有很多人相信言语的承诺，包医生则习惯透过现象看本质。这一点上，尹桢跟她很像。

"小李很不错。"包医生的手指在杯子边缘打着圈儿。

尹桢笑嘻嘻看着她："你就直接说但是吧。"知母莫若女。

"你爸肯定希望你能躲岳鲁阳和春知远一点儿，李牧航跟他们的关系那么紧密，你行吗？"

"非礼勿视、非礼勿听、非礼勿言、非礼勿动，我懂。"

"做人要坦荡，不管发生过什么，对你身边的人来说，只有人家好，你自己才能更好。"

"春知的事我已经放下了。"

听尹桢这样说，包医生露出欣慰的笑。情感是一所学堂，交给女人生活的智慧。

"一转眼快三十五了，好嫁人啦。"包医生慨叹着，伸出手去把尹桢前额的碎发掬到耳后，"我很后悔小时候没有多抱抱你。"

"哎呀好啦，我又不是缺爱的孩子。"尹桢挥挥手，"别那么丧行不行，好像你过得有多不幸。"

包医生不好意思似的低头笑了笑："我自私，除了你爸可能没人受得了我。"

"尹律师心中有爱，你们俩正好互补。"尹桢忽然觉得气氛压抑，"我还是不跟你聊了，快睁不开眼了。"

这么多年尹桢还是不习惯在妈妈面前说些掏心掏肺的话，那样的时刻，她更愿意留给爸爸。

第 25 章

　　尹桢和李牧航好上这事儿着实让林琳不悦,说不出来的别扭,像被人欺负又没法言说似的。

　　得知他们俩好上的那天晚上林琳失眠了,闭上眼就是傍晚她在公司楼下撞见尹桢手里举着两个冰激凌扑到李牧航跟前的样子。那样的尹桢她还是头一次见到,像个早恋的初中生。继而她又想起自己隔三岔五在微信上跟李牧航瞎逗,甚至翻出微信查看自己是否说过什么太露骨的话。只有一次,大概两个月前的一天晚上,妈妈有事要出去她帮着看店,无意间抬眼在门外看到一个酷似李牧航的人走过,便抓起手机给他发信息问他在哪儿。过了很长的时间才收到回复,李牧航说他在打球,同时问林琳在干吗。

　　彼时的林琳正对着门外发呆,她实话实说,在发呆。李牧航又问她在想什么，林琳大胆地回复他，想一个人。李牧航便发来一张极夸张的动图打趣她，林琳抛出一个满不在乎的表情之后，李牧航就没再说什么了。

偷偷地喜欢一个人的心情有点儿像小孩子觊觎商场里精致的洋娃娃，很喜欢很喜欢，除去吃饭、睡觉、跟小伙伴在一起，只要闲下来就会想起，觉得那是世界上最好的东西，不惜一切代价都想得到的东西，不知道怎么样才能拥有的东西，甚至感到那是自己不配拥有的东西，只好每天想啊想，想到哭，再擦干眼泪装作若无其事吃饭睡觉……那种辛苦自己经历过才知道。

如今，林琳眼见她心里的洋娃娃被尹桢抱在怀里，免不了心酸。她不是小气的人，但第二天仍然没有去上班。爸爸出门前敲她卧室的门问她要不要一起走，林琳闭着眼说："帮我请假，就说感冒了。"爸爸走后，妈妈进屋来摸了摸她额头。"你这也不发烧啊。"言语中带着疑惑，"又看一晚上手机，上淘宝来着吧？"

林琳闭着眼不说话。

"没事儿就起来上班，今天晚上早点睡。"妈妈又说，见林琳不动，有些急了，"不是，又不发烧又不流鼻涕的，这就不去上班挨家躺着你不空虚吗？"

林琳呼一下撩起被子瞪着眼："谁规定不发烧就不能感冒了？就不能难受了？我心疼、受伤了，内伤不行吗？"她捂着胸口，眼泪掉下来。

"不是，我这不是关心你嘛。"妈妈被林琳的架势唬得一愣，

"要真不舒服，妈带你去医院看看？我也没说别的不是吗，起来穿衣服去医院行不行？"

林琳咣当又躺回去："不用。"

林琳妈没辙，只得收拾收拾自己出了门。上午没什么生意，她清扫完店里的卫生给林海打电话问他给林琳请了假没有，顺带又就着早上差点跟林琳吵起来的事跟他发牢骚。林海当时就在尹桢办公室，他手机虽未开启扩音模式，但林琳妈太激动声调太高，尹桢在一旁听得真切。"她不舒服你那么较真干什么，回去再说。"林海匆匆挂了电话，不好意思地对尹桢笑了笑："你阿姨跟家里霸道惯了，林琳没少受委屈。"尹桢一边整理着桌上的文件一边说："爱之深责之切，林琳知道阿姨爱她。"接着她问林海："您到公司还习惯吗？"

林海懂得尽本分，因此带些感激地说："习惯习惯，老板人挺随和，上车跟我聊天跟对朋友似的，体谅人，薪资给的也挺高，比我过去开专车轻松多了。"

尹桢松一口气："那我就放心了，林琳还怕您干的不习惯，跟我生了好几天气。"

"林琳脾气冲。"

尹桢笑："她吃苦耐劳，为人正派。"

林海很欣慰地点点头向外走，走到门口又停住，转过身对尹桢说："谢谢你，尹桢。"

失恋的人觉得痛苦通常来自对自信心的打击。为什么选她不选我？我有哪里比不上她？那么不甘心又束手无策的心情尹桢永远记得，并且她在第一次跟李牧航吃饭的那一天就隐约读到了林琳对李牧航的好感。一个人对一个人的好感不仅仅是不讨厌那么简单，还有隐藏在矜持之下的喜欢。

最近这一段时间尹桢一直在思忖着该如何把她和李牧航谈恋爱这个消息透露给林琳，她希望开诚布公告诉林琳她和李牧航的事而不是被她发现。这不仅仅是形式上的主动与被动，还关于尹桢对她的情谊，把林琳当作朋友才会主动告诉她，只是当作下属，则没有任何告诉她的必要。在尹桢的心里，林琳当然不只是一个下属、同事那么简单，她还是知心的朋友。她在尹桢最狼狈最不堪的时刻陪着尹桢，在尹桢母亲遭遇意外的当口义气地扛起做女儿的责任，不论从哪个角度来说，林琳为尹桢所做的那些事足以窥见林琳的人品以及对她的好。

下午尹桢给林琳发去消息，觉得好一点儿没有？想不想吃火锅？

林琳没有回。

李牧航给尹桢打来电话告诉她他刚在网上买了澳洲的牛排，下班后要带尹桢到他的公寓，煎牛排给她吃。通话中间尹桢听见春知打趣李牧航的声音："跟谁打电话呢这么甜蜜？"李牧航回说女朋友，又简短聊了几句便挂了电话。尹桢仔细回想着春知的声音，揣摩她当时的神情，认识春知几十年，她鲜少用那样轻快和俏皮的语调讲话，可见她婚姻幸福且与李牧航走得很近。而叫尹桢意外的是，在春知说出那句话之后，李牧航的语气里竟多了几分慌乱，尹桢不禁对他有些失望。

李牧航接尹桢下班，路上也并未再主动提起下午的事，尹桢心里便明白了，他仍未对岳鲁阳和春知提起他们交往的事。

尹桢转过脸看着李牧航问："春知还好吗？"她对春知的生活没有好奇，只想看一看李牧航的反应。"嗯，"李牧航点点头，"都挺好的，岳鲁阳就是太忙，早出晚归工作狂，家里的事全靠春知了，不过春知能干，家里、孩子都照看得挺好。"说完，瞟了一眼尹桢。

尹桢没有再言语，微微笑着仰起脸再次看向李牧航。很小的时候妈妈就告诉她，不知道说什么的时候就闭上嘴看着对方。

专注开车的李牧航还是感受到了尹桢的目光，虽然只短短的时间她就将眼神从他脸上收了回去。"对不起，我还没有告诉他们我们的关系，这里面确实有点儿复杂，希望你能跟我一起面对。"

尹桢笑了笑，仍旧没有开口。

李牧航的公寓很大，进门一个很大的客厅，落地的窗户对着护城河，河对岸是一片低矮的楼房，中间掺杂大大小小的院落，偌大的城市中心能有这样一套公寓，配上窗外绝佳的风景，即便眼界开阔的尹桢也不免心生羡慕。李牧航带她穿过客厅到露台远眺，有那么一瞬间尹桢感觉自己好像开悟了一般，生活和爱情真的是两回事，生活就是眼前看到的这平凡的一切，那些汽车、行人、护城河、卖菜的小贩、匆忙的快递员，时光推动着这一切在毫无声息中前行，而爱情就像一艘船，载着人或上天或入地或停驻在尘世之间。就像她此刻驻足在这个角落，推着她站在这里的正是爱情，假使没有李牧航的这套公寓，她所见的便是另外的风景。

李牧航带她参观，从最里侧的敞开式厨房开始，走过去依次是餐厅、客厅、起居室，向右一转是一条不太长的走廊，墙壁上挂着大幅的油画，再往前，便是两间客房，公寓朝南的尽头是主人房。李牧航打开房门请尹桢进去，直通天花板的衣帽柜按照颜色不同整整齐齐挂着衬衫、西装，再旁边是鞋柜，清一色黑色的正装皮鞋。床头柜旁一张书桌上摆放着电脑，几本书随意地扔在一边，一个银质相框里嵌着早年的李牧航和一个中年男人下国际象棋的照片，远远看去，两个人的轮廓几乎一模一样，尹桢猜测那中年人一定就是他父亲。见尹桢盯着照片，李牧航过去拿起相框手指在上面摩挲着。"这是我爸，"他低着头慢慢地说，"他什么都会，跳舞、唱歌、钓鱼、弹吉他、打篮球，还有游泳……小时候他常带我游泳，直接把我扔水里就不管了，一次、两次、三次……"李牧航红了眼圈儿，"然后，我就学会了游泳。"他飞快地拭掉睫毛上的眼泪，努力挤出一个笑容，因为突如其来难以抑制的悲伤，声音也哽咽着。

尹桢伸手替他抹掉另一边滑落的泪珠，鼻腔也是一阵阵的发酸，对他说"他是好爸爸。"李牧航抓住尹桢的手，凝视着她的脸，说："是的，他是好爸爸。我妈走得早，他从来没想过再给自己找个伴儿，他说有我就够了，他这一生最大的成就是找到我妈妈作为伴侣，生了我这样优秀的儿子……可是我总想不明白为什么老天要给他那样的结局……"他痛苦地闭上眼，颓然坐在床边。尹桢无法想象失去至亲的那种悲伤，假使世界上只剩下她一个人，她该如何活下去。想到这里，尹桢紧紧抱住李牧航，亲吻他的额头："我爸说，人只有忘记痛苦才能迎来欢乐，虽然很难，但是真正勇敢的人可以做到。"李牧航仰起脸看着她，眼中充满对尹律师的敬仰，尹桢忍不住笑出来："不用崇拜他，我爸是典型说一套做一套。律师嘛，对说话比较在行，其实他胆子最小，最脆弱。"

李牧航也笑，伸手拉她在身旁坐下，揽着尹桢肩膀像抚摸一个小女孩那样抚摸尹桢额前的头发。房间的气氛陡然变得暧昧，尹桢莫名紧张，小声问李牧航："你不会想……那什么吧，我现在生理期不能做那种事哦！"

李牧航大笑着将尹桢抱得更紧："你这脑袋里装的都是什么！"

尹桢登时红了脸："快去煎牛排，我饿了。"

"是，生理期吃牛肉比较好。"李牧航忍着笑走进厨房。

其实所谓孤独并不是一个人生活，而是没有人分享你的欢乐和悲伤。城市生活节奏那么快仍然有人养猫养狗不离不弃，也只是因为宠物能读懂主人的快乐和悲伤，如果不能得到同类充满温度的拥抱，动物也很好。

李牧航在厨房煎牛排的时候尹桢就坐在客厅玩手机，拿起水杯喝水的瞬间看到他放在茶几上的手机收到春知的微信："在家吗，我和老岳在附近，买了好东西一会儿就到。"

尹桢的心扑通扑通跳个不停，思忖了一阵，她坐到了沙发的另一边继续翻着自己的手机。尹桢眼睛盯着手机，心里却一遍一遍叮嘱自己镇定镇定，她内心慌张甚至激动——此时此刻，尹桢感觉自己就像命运的先知，对他们三人而言她是唯一知道这场突如其来的相遇的人。

第 26 章

　　李牧航和尹桢已经在餐桌旁坐下，带花纹的米色餐布，摆盘精美的牛排，李牧航开了瓶拉菲，他聚精会神做着这一切，全身心沉浸在爱情的喜悦和幸福中，这样的场面俗是俗了点儿，气氛却真的温暖。尹桢在心里感激李牧航做的这一切，突然不忍心看到他尴尬慌乱的表情，于是提醒他："刚才好像有人找你，手机闪了一下。"

　　李牧航刚拿起手机门铃就响了，他愣了一下看向尹桢，尹桢装作很诧异似的也看着他。"那个……"他做了个深呼吸，"可能是春知和岳鲁阳。"

　　尹桢歪着头有点儿调皮地挑挑眉毛说："我不介意。"

　　李牧航于是走过去开门，没等他开口门口就传来春知轻快的声音："怎么这么半天，家里藏人啦？"进了门一边换鞋一边接着说，"我们俩买了面包蟹，你不是最爱吃嘛，我叫人做好了直接带过来的……"春知抬起头看到已经从餐桌走到李牧航身后的尹桢猛然愣住。"尹桢？"她探寻地看了看李牧航。

尹桢对着春知笑笑，又看向她身后的岳鲁阳，说："牛排刚煎好，一块儿吃。"

"好，我昨天还跟春知说想吃牛排来着！"岳鲁阳并不十分意外，到底是男人更深沉，他把所有的狐疑都掩饰得很好。在李牧航肩头轻砸了一拳，他说："上次在我家让你煎个牛排推三阻四，又是嫌油烟又是缺食材，给尹桢做你就没那么多事儿。"岳鲁阳似乎洞察了一切，对李牧航坏笑。李牧航转头到厨房去拿酒杯，尹桢和春知四目相对站了几秒，尹桢笑笑说："不是还买了面包蟹吗？"

"哦对，你去坐着，我装到盘子里。"说着她进了厨房。

岳鲁阳坐在餐桌边，看到尹桢走来，咧开嘴露出很灿烂的笑容，那笑容里带着对她的祝福。那一瞬间，尹桢突然有一种感觉，她和岳鲁阳之间如同家人般亲切，岳鲁阳永远希望她过得好。想到这里，尹桢突然轻松起来，有时你对爱过的人说一句很平常的话，然而这一句，已经走过了千山万水。

坐下以后，尹桢问起诺诺，岳鲁阳说她很好，平常都住在学校里，周末才回家。尹桢说周末如果有时间能不能把诺诺带到家里住一天，尹律师很想诺诺。岳鲁阳感动不已，对她说："尹桢你知道吗，你和你的家人身上有一种天然的大气，你们每一个人都有爱别人的勇气和能力，诺诺遇到你们真是她的幸运。"

"过奖了，我们不过是因为寂寞，不过我爸心里确实有很多爱。"不论何时何地谈起爸爸，尹桢都充满骄傲。

"来来来，面包蟹。"春知端来硕大的餐盘上面摆着三只已经烹好的螃蟹，显然是按照他们三人每人一只带回来的。春知在岳鲁阳身旁坐下，正对尹桢，从春知眼睛里闪烁的光芒就知道此时的她是幸福的，她本来就漂亮，可能做生意久了的缘故竟平添出一些中年女性的干练和精明。尹桢为她开心，不由自主地对她笑。

春知嗔怪她："傻笑什么呢，还不快吃!"说着拿过一只敲碎的蟹钳放在尹桢旁边的餐碟里，对她说："这是牧航的最爱。人家说，不是自己家人在一块儿吃饭就不要吃螃蟹，两只手掰来掰去，吃得龇牙咧嘴的不好看。"

李牧航给每个酒杯倒上红酒，呛着她说："美食当前你要那么好看干什么？"

春知突然起身说："对，我去拿湿巾。"她到厨房拿来湿巾放在每个人面前，很自然地问李牧航："上次买的餐巾是不是用完了？怎么也不说一声。冰箱也空了，明天我一起买好了送过来。"不等他回答又转向尹桢说："他们这些人啊你别看出了门一副很精英的样子，其实没有半点儿生活能力，这家里没个女人真是不行，"说着话，又拿起一只蟹钳放到岳鲁阳面前，然后拿起一只放在自己面前，擦擦手说："一起喝一杯吧。"

尹桢只是笑着跟着他们一起端起酒杯。"这杯酒敬尹桢，"春知看着尹桢说，"祝你早日找到自己的幸福。"

尹桢心里"轰"的一声巨响，定睛看着眼前的春知，带着难以置信的表情，春知脸上带着真挚的笑容，纯真地看着她。

尹桢明白，今日的春知百炼成钢已经不同往日，她暗自定神回应春知："借你吉言，我已经找到了。"说完看了一眼身旁的李牧航，李牧航顺势牵住她的手，她接着说，"我看这第一杯酒应该敬你和岳鲁阳，"顿了一下又说，"我很抱歉当时没有勇气去参加你们的婚礼，祝你们一家人永远幸福。"

春知和岳鲁阳对视了两秒，岳鲁阳先开口："谢谢。"他又看着对面的李牧航说："你要加油啊，尹桢这样的老婆娶到就是赚到。"

"是是是，我谨遵岳总教诲。"

四个人就在彼此的戏谑中喝干了杯中酒。尹桢默默吃光了眼前的牛排，一整个晚上她说话并不多，多半都是随着他们三个人的话题应和两句，而春知就像一个真正的女主人那样一直忙碌着照顾大家，又切水果又沏茶，用她纤细灵巧的手指把蟹肉拆好放进李牧航和岳鲁阳的碟中，然而始终没有尹桢的那一份。尹桢理解她的芥蒂，当人们得到一件珍宝，总是对靠近它的其他人保持警惕。

吃过晚饭，岳鲁阳和李牧航有工作要商谈，春知娴熟地整理餐桌和厨房，尹桢没有帮忙，这个时候的春知浑身长满了尖刺，靠得太近对大家都没有好处。于是尹桢到露台去跟李牧航告别，并且说不要送她，约好明天下班以后在她公司楼下见面。春知穿着围裙送她等电梯。"真没想到，你们俩能走到一起。"她讪笑着。

"人生充满了意外。"尹桢看着她的眼睛说。

春知躲闪着尹桢的目光，语重心长似的说道："李牧航和岳鲁阳志同道合，工作跟生活都绑在一起，希望咱们相处得愉快。"说完她笑了笑。"我们能有今天真的是太不容易了，不管我跟岳鲁阳还是你跟李牧航，真是历尽千辛万苦。"说着话，她眼角竟有泪光闪动。

尹桢看着她说："春知你要相信自己，你配得上拥有这一切。"话音落下电梯停了，她走进电梯对着有些错愕的春知挥手告别。

许多人在感情中总是犯错，遇见飞黄腾达的老朋友总是不由自主说起当年，当年我们在一起多么要好，当年你干了那样的傻事，当年我如何帮助你，当年、当年……当你开口提起当年，便在人家跟前矮了半截，谁想听你说当年？昔日龌龊不足夸，今朝放荡思无涯，要多谈人家今日成就才对。

第 27 章

尹桢走后，春知对李牧航似乎有些埋怨，借着到露台给他们送果盘的机会，半开玩笑地和李牧航嘟囔了一句："你可真行啊，这么大的事一点儿都不跟我们提前透露，弄得今天我跟老岳都有点儿狼狈。"

"狼狈什么，我看都挺好的呀，一团和气，多好。"李牧航啜一口茶。

"你想得太多了，尹桢不是那么事儿多的人。"岳鲁阳也说。

春知脸上多少有些挂不住："尹桢是什么人我比你清楚。我的意思是说，牧航你应该提前说一下你跟尹桢的事，我跟老岳专门替你们庆祝一下，怎么也不能在家里这么凑合一顿呀。尹桢最讲仪式感了，这么重要的时刻最好到旋转餐厅或者法国餐厅才正式。"

李牧航对她一笑，笃定地说："尹桢不是那样的人。"喝一口茶又说："虽然我没有你认识她的时间长，但我见过她父母，多少也听你们说过她的事，尹桢不是那样的人。"

春知也笑，拿起水壶去续水，最后说："那也许是她变了，毕竟我们有日子没联系了，真是爱情的力量。"

不得不说，春知对新角色适应得很快，一个正当年的女人，有点产业，有个女儿，还有一个创业成功的丈夫，人生赢家不过如此。最重要的，生活给她机会重新做人，使她遇到懂得尊重女性的文明人岳鲁阳，还有更大的幸运是在岳鲁阳之前她有尹桢一家，彼时的尹桢家就像救她于茫茫苦海的挪亚方舟，使她得以逃脱与杜北婚姻的浩劫。不过，都是过去的事了，对许多人来讲，脱胎换骨之后的人生是新的开始，当务之急便是卸掉内心所有包袱，忘记过去。

尹桢坐了几站地铁，突然觉得车厢里憋闷想出去透一口气，于是就在步行街附近出了地铁，跟着人流走到了林琳家的食品店。林琳妈正拿着手机看电视剧，尹桢站在店门口叫了一声阿姨，林琳妈猛地抬头见是她立即笑逐颜开招呼她坐下，热情中掺杂着对女儿领导的恭敬和略微的忐忑，那是对一个值得欣赏的年轻人的欣赏。

"我们林琳是不是惹麻烦了在公司里头？"尹桢坐下以后她将一瓶矿泉水递到尹桢手里，在尹桢对面坐下说，"还得劳烦你来家访。"

"没有，"尹桢笑出声来，"您想到哪儿去了，我就是约了朋友在附近见面，他有事儿来不了了，自己逛逛。"尹桢拧开水瓶四下里环顾着。"早上林叔告诉我她不舒服，我就顺便过来看看她在不在，万一在这儿我们俩还能说说话。"她补了一句。

林琳妈便叹一口气，开始发牢骚："别提了，早上她说自己感冒了，在家歇一天，我就摸了摸她脑袋说了一句也没发烧啊，是不是晚上看手机太晚累的，她就不依不饶地跟我嚷嚷了一通，也不知道哪来的邪火，吓得我赶紧从家里出来了。"

尹桢被逗笑了："可能真不舒服呢，您不说关心一下倒紧着挑她毛病，换了我也得跟您嚷嚷。"

林琳妈也笑出来："我这个人啊就是心直口快，年轻的时候比这还加个更字儿呢，我们娘俩只要见了面说不了两句她就跟我嚷嚷。这几年好多了，她一起急我就忍着不言声儿。头几年我得给她怼回去，得比她声儿大，要不然我这一天都过不好，心里堵得慌。"她端起保温杯喝了一口枸杞茶接着说："现在岁数大了，也知道干不过她了，就跑呗。"

尹桢突然对这一家人心生羡慕。尹桢一家人从不争吵，夫妻、母女之间都彬彬有礼，父女之间就更别说了，尹律师是典型的"女儿奴"，这几十年什么都听尹桢的，迈进家门，连空气都显得安宁祥和，以至于家里偶尔高声的嬉闹都显得刺耳，尹桢忽然觉得这样的生活有些太不真实，仿佛家里的每一个人都在扮演某种符合社会身份和家庭形象的演员。

坐了一会儿，尹桢向林琳妈告辞说要到家里找林琳。她听了，忙张罗着给尹桢装零食，大包小包装了一袋又一袋，直到尹桢手里再也拎不下。

从步行街出来没走多远尹桢听见有人叫她的名字，回头竟看到杜北。"真是你呀，"杜北见到她竟有些惊喜，看着她手里的零食袋说，"又上人林琳家装零食去了？"

"这是我买的。"尹桢一直想不明白那么好看的一张脸怎么会藏着那么龌龊的心。

杜北自然不是一个人，身旁的妙龄女郎上下打量着尹桢，面带轻蔑地撩了撩头发。尹桢扫了她一眼，又冷笑着看杜北："这么巧在这儿还能碰上杜总？"

"许你买零食就不许我也来买点儿？"他低了一下头接着说，"我来看看林琳，好久没见着她了。"

尹桢叱着他警告似的："林琳可不是你想的那种女孩儿。"

"知道，"杜北不屑地对她笑笑，"只征服一种女人有什么意思，男人就得不断挑战。"说着话扭过脸挑逗般地对身边女孩儿挑了挑眉毛，女孩儿撒娇似的掐他胳膊，催促着："走不走啊，聊起来就没完。"

"不好意思，失陪了。"杜北扬扬得意地从尹桢身边走过。

"杜北。"尹桢忍不住叫住他，挑衅似的盯着他说，"有人说过你是人渣吗？"

"都这么说。"杜北哈哈大笑。

"那就对了。"尹桢冷笑。

杜北也不生气，反倒好脾气地笑着说："就比如林琳吧，成不成的我总得试试，万一得手了呢，你不吃这套，有人吃。"顿了几秒像猛然想起来似的，"对了，我公司有个案子还需要你爸帮忙，我最近特别忙，你先帮我跟你爸说一声，等我出差回来约他喝酒。"神情里透着轻佻，说完揽着身旁的女孩儿转身走了，走了几步又回来，凑近尹桢说："对了，尹律师最近可是精神焕发。"

从遇见杜北开始尹桢的心情莫名变得低落，心口像压了一块石头，堵得慌。杜北并没有做过伤天害理的事，他只是恶，为了自己的欲望而不择手段。只有善良的人才会痛苦，恶人永远心中逍遥。

尹桢在林琳家楼下的便利店买了小菜和啤酒，请店员帮她拎上楼。林琳开门先看到送货小哥，小哥将东西放到门口挥手跟尹桢说声再见就一阵风地消失了。

尹桢讪笑着站在门口说："听说你不舒服，我来陪陪你。"说老实话，林琳的样子着实吓她一跳，完全是失恋的样子。她想起自己被岳鲁阳抛弃的那段狼狈岁月，非人一般，那时只有林琳陪在她身边，不禁心头一热。也不管林琳是不是欢迎，尹桢径直搬着门口的东西走向客厅。"我先去了店里，看你没在才来家里。"她将小菜的盒子一个个在茶几上摊开，"都是照你口味买的，怎么样？"

林琳冷着脸一屁股坐在沙发上，看独角戏一般。

尹桢也不提其他，打开啤酒罐塞到林琳手里，仍旧笑嘻嘻地说："一醉解千愁。"

林琳乜着她说："人若反常必有刀，事出反常必有妖。"

尹桢也不接她的话，自顾自地说着："我今天到李牧航家去吃饭了，他给我煎牛排……"

林琳恨恨瞪她一眼："谈个恋爱了不起啊。""咚"一声放下啤酒罐走向卧室。

尹桢忍不住被她的样子逗笑："我这儿刚开个头儿，马上就讲到走麦城了！你别着急走，回来听啊，听我跟你说……"眼瞅着林琳要进卧室，尹桢小跑着又将她拉回客厅。"我知道你为什么生气，本来李牧航是你先看上的，半路叫我截了胡你心里别扭。"

一句话说到林琳心坎里，她坐着不动，颇委屈。

"是不是有那种失恋的感觉？想哭就哭出来。"

尹桢的话音落下，没想到林琳真的哭出来，边哭边说："你是觉得我出去找不到男人嘛！找个男人还跟我藏着掖着，你以为我会跟你抢吗？"

尹桢登时像挨了一记闷棍，扪心自问，自己真的不怕林琳跟她抢吗？想到这里，连忙否认："我是那种小里小气的人吗？"

"你不是吗？"林琳红着眼瞪着她，睫毛上还挂着泪。

"我……"

“把你的心放肚子里吧，我林琳再缺男人也不会抢你的！”语气轻蔑得不得了。

“我……只是还没来得及告诉你。”

口是心非的话既然已经说出来就不能更改，两个人都是，演戏演到底。最后还是尹桢先败下阵来，说：“我是不知道怎么跟你说。”

“明明就是我先看上他的！”

“其实我的处境也很尴尬。”两罐啤酒喝下去尹桢就将晚上在李牧航家邂逅春知和岳鲁阳的事倒出来，这一点，她的性情跟尹律师一模一样，强硬的外表之下是多愁善感的心。林琳仔细地听着，先是不吭声，然后嘟嘟囔囔地责备尹桢窝囊，再后来突然就开始声讨徐春知不该忘了当年走过的弯路，在尹桢面前装腔作势：“不过才过了几天人模狗样的日子，好了伤疤忘了疼，当初掉进杜北给设计的陷阱里，忘了怎么爬上来的！”林琳讲起话的刻薄劲儿比她妈妈冯彩珍更添了几分市井气，穿上高跟鞋和套装行走在写字楼时到底还知道拘着点儿脸面装文明，回到家里换上睡衣就变了一个样。尹桢忽然笑出来，开始勉强能忍得住，到后来干脆放开了笑得前仰后合，弄得林琳莫名其妙：“你笑什么？至于的嘛笑成这样？”

“我笑你，那刻薄劲儿。”尹桢一边说话肩膀一边一抖一抖地还在笑。

林琳又拿出她平日里对尹桢恨铁不成钢的劲儿来，那一刻她忘记了尹桢夺了她心中所爱，像是江湖儿女，除了能怼人还会不由自主地去锄强扶弱。"原先吧，看你刚被岳鲁阳跟徐春知耍了一道那六神无主的样子，我还总觉得是你用情太深，被伤得太狠了，一个劲儿地替你找理由。今儿我才算真正把你看明白，你呀，活该让人家徐春知耍了一道，知道为什么吗？因为你怂，你懦弱！"林琳气得把啃了一口的鸭脖子扔向尹桢，"这多简单的事儿啊，一共就俩男的在场，一个是你用剩下的，一个是你正用着的，你有什么放不开的？你装什么柔弱啊，好好一个约会成了人家秀恩爱的主场！"

这也正是尹桢心里憋屈的地方，她对春知仍怀着善意与呵护。可是如今一切都变了，尹桢所拥有的一切都不再被春知看在眼里，甚至引得春知讥笑，真正成了恨人有笑人无。

"恨人有笑人无，本来就是人性，"尹桢叹了一口气，"其实也没什么好憋屈的，我真正难过的是，从今天开始，我们再也做不成朋友了。"自从离开李牧航家，尹桢的喉咙里就一阵阵地堵得慌，直到此刻，跟林琳喝了这些酒，说了这些话，眼泪才真正掉出来，"她不只是一个朋友，她还代表我们从学生时代就开始的友谊和青春，是我的青春岁月……还有，你知道吗，她带来三只面包蟹一共六只蟹钳，她连一只都没有分给我。"那六只蟹钳才是一直噎在她心口的东西。

悲伤的人很容易喝醉，就像尹桢，才不过几罐啤酒喝下去就不管不顾地在林琳家里哭号起来，把推门进屋的林琳妈吓得不轻，三步并作两步跑到林琳跟前点着她的脑门儿，骂她："你一天不找点儿事儿你难受是吧，你好好的你怎么把尹桢给招哭了！我看你疯了，她是你领导！"一边骂着林琳一边到卫生间拿条干净毛巾用温水浸湿了给尹桢擦了脸……

那天晚上尹桢在林琳床上睡了很久，凌晨三四点因为口渴醒来。喝了水，她坚持要回家去，很小的时候包医生定下的规矩，从不许她在别人家过夜，三十三岁了，她仍记得。不得已，林琳带了几件衣裳陪她回家，怕吵到林琳爸妈，两个人轻手轻脚做贼一样出了家门。

月色清冷，凌晨四点的街道上没有人，好在可以用手机叫车，两个人边走边等，终于有司机接了单，她们坐在街边公共汽车站的长椅上等车来。

林琳已经原谅了尹桢，没有别的原因，只因为尹桢晚上来找她喝酒。她初入职场便进了夜店，那里是江湖，她在江湖学到两点，一是靠自己的本事吃饭，二是讲义气。再说暗恋这种事本身就意味着成全别人，林琳看得开。

坐在长椅上，林琳和尹桢不由自主看着天上的月亮，很久很久都没有说话。突然尹桢叹口气，悠悠地说："上大学的时候我跟春知半夜里蒙着被子看电影，《剪刀手爱德华》，看完了就再也睡不着了，坐在上铺对着月亮发呆。那天的月亮跟今天很像，我到现在还记得爱德华说的那段台词。"她扭脸看着林琳，"想听吗？"

林琳白了她一眼，连话也懒得跟她说。

　　尹桢便酝酿了情绪，自顾自地念出她当年记下的台词："如果我从来没有品尝过温暖的感觉，也许我不会这样寒冷；如果我从没有感受过爱情的甜美，我也许就不会这样的痛苦；如果我没有遇到善良的佩格，如果我从来不曾离开过我的房间，我就不会知道我原来是这样的孤独。"她不由自主被自己说出的台词感动了，眼中噙着泪，扭过脸期待地看着林琳，希望她说点儿什么。林琳呆呆地看着她，一时不知该说什么，当看到远处的车灯，她像等来了救星："谢天谢地，车来了。"

　　出租车载着她们回到尹桢的公寓，一到家尹桢就抱着枕头睡了过去，林琳却翻来覆去地睡不着，打开手机搜到《剪刀手爱德华》看了起来……

第 28 章

尹桢失恋曾一度是公司的爆炸性新闻，老板跟前的红人蓬头垢面地出现在公司，出入如行尸走肉一般，惹得同事们唏嘘不已，大部分人在看笑话。自南美回来尹桢宛若新生，又在公司引起不小的骚动，很多人大概都觉得她在硬撑，等着看她的终极笑话。不想如今恋爱了，公司里大姑娘小媳妇都忙不迭跑来送祝福，尹桢不禁暗中慨叹人心叵测。想来想去还是林琳最好，有什么都写在脸上，过去的就不再提，做人还是要磊落。

某天欢姐给公司开大会，张际宇突然出现在会议室，他被任命为欢姐的特别助手。散会以后，一个更大的新闻在公司传开了，张际宇和欢姐已经领证，婚礼过后举行。

这样毫无征兆的大新闻，惊得尹桢也瞠目结舌——张际宇比欢姐小了十五岁。

得知消息后尹桢第一时间冲进了张际宇的办公室。张际宇的办公室就在欢姐办公室旁边，尹桢进去以后轻轻掩上房门，回身时看到张际宇正坐在办公桌后对着她笑。他一边笑着一边对尹桢说："我就知道你这个八卦分子得追过来。"

尹桢露出不怀好意的笑："不够意思哈，一毕业就杀回来背着我们娶老板，你要砸了我们饭碗啦！"

张际宇大笑："碰瓷儿是吧？"

"赶紧交代！"

"交代什么呀，就是毕业了，回来结婚。"张际宇双手一摊，"就这么简单。"

"都说你们分开了。"

"嘴长在人家身上。"张际宇话锋一转，"听说我不在这段日子你的故事也不少？"

尹桢耍赖转身就走，丢下一句："无可奉告。"反正未经当事人亲口证实的都是传言。

欢姐恰好走进来，笑着看尹桢对她说："特别助理的位置让给际宇，没问题吧？"

"您家的买卖还不是您说了算，我是伙计。"尹桢愠怒。

欢姐笑得前仰后合，说："全公司就属你最能说……"突然愣住了，茫然地看着张际宇，问他："我想说什么来着？"

张际宇一愣。"工作上的安排，"他走过去扶着欢姐在班台后面坐下，"这几天累坏了，回头再说吧。"欢姐看着他点了点头，也学着张际宇的口气对尹桢说："这几天累坏了，回头再说，你先去吧，林琳。"

尹桢只当她叫错了名字，转身离开张际宇办公室。林琳正等着她，对她说："刚才李牧航来的电话，让你下班等他接。"

"知道了。"尹桢看着林琳，想从她眼中看出点儿什么，然而一无所获，"你……最近心情怎么样？没事儿了吧？"

林琳眉毛一挑佯装不耐烦反问她："我有什么事儿啊？"

尹桢一笑："老板要大婚，你还不赶紧去张罗！"

"切！"林琳轻蔑地白了她一眼，"弄得好像跟你有多大关系似的，老板结婚又不是你。"饶是嘴里这样说，林琳比以往更加努力地工作，凡事替尹桢想在前头，能多做一件就绝不少做，尹桢心里明白，林琳多做她就能少做，有更多时间跟李牧航在一起。她心里感激林琳。

某天中午尹桢约了李牧航在公司楼下餐厅吃饭，刚进去坐下，就见林海鬼鬼祟祟跟了过来，对她说："尹桢，有件事我必须得跟你说了。"尹桢忙叫服务员加了椅子和餐具。"怎么了林叔？"她觉得林海神情有些不对劲，"是不是跟林琳吵架了？"

李牧航这才明白这位是这位父亲，默默倒了杯茶推到林海面前。

"这个事儿是这样哈，"林海看看李牧航欲言又止，尹桢知道他有忌惮，忙介绍李牧航是她男朋友，林海这才放心继续说下去，

160

"最近老板有点儿反常，经常前一天约好了让我八点钟到家里接她，我按时去接了她，上了车又不说上哪儿，就让我开着车一直绕，绕了二环绕三环，绕了三环绕四环、五环一直去了天津。前几天你猜我拉着她跑哪儿去了？一猛子开到山西了……你说这是怎么回事啊？"

尹桢和李牧航面面相觑。

"张际宇知道吗？"

"知道，他说按老板说的做就行。"正说着，林琳急慌慌进了餐厅，三步并作两步走到他们跟前，跟她爸对视了一眼，明显有些恼怒，埋怨道："我就问您一句话，您要是没来公司上班，还开出租车，您拉着一个这样的乘客您会多这句嘴吗？"可见林海已经跟她讲过这件事了。

林海低头想了想叹了口气。"这事憋在我心里，不说出来我老觉得不踏实。尹桢是正派人，我跟她交代一句，心里踏实。"说完他站起身看着尹桢，"你们慢慢吃吧，我回去了。"

尹桢看着林琳说："干吗那么说林叔？你不觉得不对劲？"

林琳坐下端起茶杯喝了一口茶，说"不对劲是肯定的，但是也没像我爸想的那么糟。你知道他跟我说什么，他说张际宇是骗子！"

尹桢着实松了一口气，起初张际宇在同事眼中也不过就是一个骗子，一个傍上老板的小白脸，经过了很长时间大家才肯相信他们之间是爱情。其实尹桢心里明白，即便张际宇真的是骗子欢姐也不在乎，许多她这个年纪的女人大概都觉得只有在骗子身上花的钱是最值得的，使她们找到青春的感觉，使她们体验到人生的温暖，不过花点小钱，又买到光阴又得到亲人，赚到了。

"你怎么看？"尹桢问她。

"你说过，老板做的都是对的。"林琳讨人喜欢不是没有道理。

尹桢看看李牧航说："我也觉得张际宇不是骗子，他很爱老板。"

"天真。"林琳不屑。

"你不要小看尹桢，"李牧航乜着林琳慢慢地开口，"天真是上天赋予人类最珍贵的东西，最勇敢的人才保持得住。"他颇得意似的，"尹桢跟你们所有人不一样的地方就在于她的这个天真懂吗？"

林琳撇着嘴白了他一眼："行行行，尹桢好，尹桢最好，你女朋友嘛！"

李牧航十分受用："其实你也不赖……"

话没说完被林琳打断："安慰的话就算了，如果我真那么好你早选我了。"

"你干吗老说大实话？"尹桢笑。

林琳气得瞪着李牧航。"他刚才还说天真最难得，怎么轮到我说了实话就不叫天真了？"她恨恨地起身，"虚伪！"说得尹桢和李牧航面面相觑。

接下去的一段时间，全公司的人在工作之余都热火朝天投入到欢姐婚礼的筹备中。大家这样做不仅仅因为她是老板，更因为她是欢姐，欢姐除了家财万贯更有种义气在身上，这一点上，林琳跟她倒是有几分相似。

这天尹桢特意推迟了跟客户的会面陪欢姐去试婚纱。意大利人的设计果然不同凡响，微胖的欢姐穿上那件领口做成花苞形状还嵌了珍珠的婚纱竟显得清纯可人，头纱缝制在皇冠上薄暮般高高耸起，圣洁又不失典雅。尹桢看得出神，竟不自觉想要结婚。

"林琳快来，帮我把这个剪掉。"欢姐突然扯着头纱转头对尹桢喊道。尹桢忙不迭上前托起头纱，问她："这么漂亮干吗要剪了，多可惜！"

"不喜欢，太啰唆了。"她突然气恼地将皇冠摔在地上。尹桢一阵莫名其妙，捡起皇冠对店里人说："要不就改短一点吧。"再转身的时候，发现欢姐正茫然地对着镜子里的自己发呆，那样的神情，尹桢从不曾见过。她忙过去扶住欢姐的胳膊问："怎么了，欢姐？"

欢姐下意识抽回胳膊，不解地问："咱上这儿干吗来了？不是要开会吗？"

尹桢心里"咯噔"一下。

返回公司的路上，欢姐始终喊她林琳，尹桢一边答应着一边心里一阵阵地发酸。回到公司她安顿好老板，立刻冲进了张际宇的办公室，双手按着办公桌逼视着张际宇，"你跟我说实话，欢姐到底怎么了？"

张际宇沉吟片刻反问她："你看出什么了？"

尹桢欲言又止，她不敢说出口。

张际宇似乎放下了心，说："欢姐挺好的。"

"好？"尹桢对他挑挑眉毛，"你有没有听过一种病叫阿尔茨海默病？"

张际宇瞬间败下阵，颓丧地坐回到椅子上。"什么都瞒不过你。"接着又说，"她不想让人知道。"

"你又是怎么知道的？"

"现在还是发病的前期，医生跟她谈过以后她给我打电话叫我马上回来。"

"结婚是她的意思？"

张际宇点点头："她想把公司留给我。"

尹桢一字一句地说："张际宇你给我记住，如果你对老板做坏事我不会放过你。"顿了一下又补充，"我爸是大律师尹国栋。"

张际宇愣住的同时，尹桢也被自己的话吓到了——她有什么权利对张际宇说这样的话？她只是公司一个小小的雇员，而张际宇即将成为欢姐的丈夫。但话已出口，收不回来了，她只能瞪着张际宇，毫不让步。僵持了几秒之后，尹桢发觉张际宇逐渐红了眼圈儿，接着飞快地转过身背对着尹桢，说："欢姐不仅是我的爱人，更是我的恩人，我张际宇不管付出什么代价都要治好她。"尹桢听了心头一阵发酸，转身跑出了他的办公室。

尹桢到医院找妈妈，不顾护士阻拦径直进了她的诊室，"确诊了阿尔茨海默病的人能不能治愈？"

包医生正给病人开处方，看了一眼额头冒汗的尹桢，说："我还有两个病人，一会儿跟你说。"过了差不多四十分钟，尹桢再次走进诊室，包医生一边换下白大褂一边跟她说："老年痴呆是一种进行性逐渐加重的疾病，目前还没有治愈的办法。治疗的原则是阻止痴呆的进一步发展，保留残存的脑功能，虽然目前还不能治愈，但是通过药物治疗和生活护理，可以有效地延缓病情的进展。"

尹桢听了之后眼泪哗啦啦流下来，问："这种病发展下去会怎么样？"

"丧失基本生活能力，失语，失智，大部分人因为心肺功能丧失而死亡或者死于并发症。"包医生走过去给她擦眼泪，"三十多了怎么还是这样，眼泪说来就来。到底谁得了这个病？"

"我老板。"

包医生也感到意外，尹桢曾经带她去过公司的答谢酒会，朱欢的年纪跟她不相上下，那样开朗有活力居然会得这种病。

包医生叹口气，给尹桢倒了一杯水在她面前坐下，拉着手安慰她："我上午参加一个会诊，听上海的一个专家随口说了一句，上个礼拜澳大利亚的一家研究机构宣布研究出了治疗这种病的特效药。她现在还是早期，会有办法的。"

尹桢像见到了曙光，眼睛亮了起来，问："是哪个研究机构？赶紧问一下！"

包医生一边拿起电话一边嗔怪尹桢："怎么跟你爸爸一样，总是还没等怎么着呢，眼泪先流出来。"

"善良的人都这样。"尹桢破涕为笑。

第 29 章

　　包医生不仅一个电话问到了澳大利亚那家科研机构的名称，转天还拿到了那家机构负责人的联系方式。尹桢一阵风似的跑去找张际宇告诉他这个好消息，不想张际宇不在办公室，欢姐正坐在班台后面晒太阳。看到尹桢进来，欢姐眼睛里含着笑嗔怪她："慌什么？地震了还是着火了让你这么跑！"

　　"际宇呢？"

　　"你找他干吗？有事儿跟我说不是一样？"

　　尹桢忽然想测试一下，盯着她老板的眼睛问："我是谁？"

　　欢姐颇不耐地叹了一口气，说："尹桢。"

　　尹桢松了一口气，不等开口，欢姐又说："既然你已经看出来，我也不瞒你了。我这个病已经确诊了，一阵儿一阵儿的，我知道是治不好的，因为我妈妈就是老年痴呆症去世的，最后的结局什么样我很清楚，所以我叫际宇回来，我要趁着现在还明白，把我自己托付给他。"欢姐像说别人的事那样满不在乎，"我觉得他会善待我的，你觉得呢？"

尹桢再一次不争气地哭了，她抹了一把眼泪抽抽搭搭地回答："我觉得也是。"

张际宇这时拎着点心走了进来，见到尹桢先是一愣继而沉下脸来轰她出去："你又来捣什么乱！赶紧去，欢姐要吃东西。"

尹桢也不多说，把手里的一张纸条塞给他说："我妈说澳大利亚一家研究机构已经发明了一种新药，也许能治愈，这是联系方式。"说完，她抹着眼泪出了门。

张际宇和欢姐按计划举行了婚礼，第二天便马不停蹄飞去了澳大利亚。

晚上李牧航随尹桢回家吃饭。待尹律师从厨房端出最后一个菜，在餐桌前坐定之后，李牧航从口袋掏出一枚戒指摆在尹桢面前。包医生还好，尹律师像受了惊吓一般看着李牧航说："你这是干吗？"

尹桢竭力保持镇定，低着头不说话，手却被李牧航牵住了。他对尹桢爸妈说："叔叔阿姨，我想正式向尹桢求婚，希望得到你们的祝福。"他的声音听起来干巴巴的，不是不紧张。

尹桢紧紧咬着嘴唇生怕不小心笑出声来，拿无辜的眼神看向包医生。包医生已经恢复了镇定，一边拿起筷子一边轻声说了一句："你们年轻人的事我就不参与了。"

尹律师激动地提高了声音："那么着急结婚干什么呢，还那么年轻……"

尹桢一听就急了。"爸！"她提高了声音，"我都三十三了！"

尹律师像挨了当头一棒登时没了主意，过了好半天才嗫嚅着开口："就算三十三了，也还是我闺女不是吗！那么着急结婚干什么呀！"那神情倒像欠了钱又不想还的老赖。

尹桢暗地里掐了掐李牧航的手掌，李牧航即刻心领神会，说："叔叔阿姨，我一定会对尹桢好的。"

包医生夹一筷子菜放进嘴里慢慢咀嚼着瞄着尹律师，尹律师左右为难不知该怎么接这一句，她便拿起手边的公筷给李牧航夹了只虾，说："尹桢的事她自己决定，我们不参与。"说着话，在桌子下面抬脚碰了碰尹律师。

不等尹律师说话，尹桢已经笑出了声，对李牧航说："那我就同意了。"一边说，一边伸手打开戒指盒子，硕大的钻石在灯光下熠熠生辉，拿出来戴在手上左看右看，举起手让包医生看，问："怎么样？"

包医生笑而不语。

"款式好像有点儿老。"尹桢嘟囔。

"款式什么的都不重要，这是小李一份诚意，要是觉得不满意，婚礼就戴你爸从南非买的那颗。"关键的时候，包医生总是不动声色把话给出去。

李牧航忙说："这个是随便买的订婚戒指，结婚用的当然得尹桢自己去看。"

尹桢感激地看一眼李牧航，慢慢褪下戒指装回盒子里。

包医生说："先吃饭吧。"

送走了李牧航，尹桢便开始怪包医生刻薄："平时看着云淡风轻的一副视金钱为粪土的样子，关键的时候怎么这么势利！好像嫌人家没诚意似的。"

"有没有诚意要看了才知道。"包医生一边喝着茶一边慢悠悠说道。

尹桢几乎跳起来："这还没诚意？起码三克拉！"

"几克拉不重要，关键是我女儿得喜欢，我们不将就。"

母女俩说话的时候尹律师在书房里打电话。他最近的电话很多，上一次尹桢回家，吃过饭他也是一直在打电话。包医生说他接了一个很难搞的案子，可是尹桢的眼神偶尔略过他的脸庞，看他讲话的模样又不像在谈案子，脸上虽然没有表情，可是他眼睛里是带着笑的。

尹桢晚上睡在家里，跟李牧航在微信上聊了一会儿便躺在沙发上翻朋友圈。李牧航发了一张戒指的照片，配文只写了两个字和一个巨大的感叹号——成功！尹桢看到岳鲁阳迅速点了赞，接着她微信里传来岳鲁阳发的信息：一定要幸福。尹桢会心地笑了笑，淡淡地回了一句谢谢，心无波澜。

转天尹桢接到春知打来的电话，让她下班以后到餐厅，他们一家人要庆祝她和李牧航修成正果。尹桢问诺诺也去吗，春知说当然，诺诺听说牧航要结婚高兴地要蹦起来了。尹桢听了心头暖暖的，不由得回想着诺诺奶声奶气说"我爱你呀桢桢，为了可以跟你在一起我宁愿不做美人鱼离开海洋"时的模样，不由自主笑了出来。

下班以后尹桢特意到商场去买了迪士尼电影里小美人鱼爱丽尔的玩偶作为给诺诺的见面礼。不想，诺诺接过来只看了一眼便放到椅子上，说："太幼稚了，不喜欢。"她对尹桢不再有感情，双手紧紧搂着岳鲁阳，眼中充满警惕。

春知便接过尹桢手中的爱丽尔，愠怒地瞪着女儿："不许这么没礼貌。"诺诺这才不情愿地拿过来，脸上满满的不服气，说："可是你说……"

"尹桢是妈妈的好朋友。"春知打断她。

"可是……"

"别那么多话。"

尹桢伸出手去抚摸诺诺的头发，说："你长大了诺诺，小时候的事都不记得了。"眼前的诺诺已经不是坐在尹律师腿上摇头晃脑背《千字文》的那个小朋友，她比从前高出一个头还要多些，站在岳鲁阳身边，带着小公主般的骄傲还有一点点叛逆的味道。尹桢不由得想起自己小时候拉着尹律师的手也是这副有恃无恐的模样，果然父亲的肩膀是女儿一辈子的底气。那一刻尹桢彻底释然了，春知在以往的人生路上错过许多次，有许多遗憾，唯独这一次替诺诺找回此生的倚靠，她做对了。

就在那一瞬间尹桢在心里完成了和春知的和解。

岳鲁阳拉着女儿的手轻声细语地跟她说："不要这样诺诺，尹桢阿姨是你妈妈最好的朋友，在你还很小、爸爸还没有来到你身边的时候，她总是保护你们，你小时候是住在尹桢阿姨家里的忘了吗？"

"可是我妈妈说她不是好人，她来抢爸爸。"

空气瞬间凝固了似的，岳鲁阳和尹桢都觉得尴尬，好在这时候李牧航走进包房，很自然地拉住尹桢的手说："聊什么呢？"

"在说诺诺小时候。"尹桢说，说完她拍拍岳鲁阳的肩膀，"童言无忌。"

然而诺诺一见到李牧航像换了个人，像只小猴子那样挂在他身上，鸟儿一样叽叽喳喳跟他说个没完。尹桢心头又多了几分失落：她以为最亲近的人、时常惦记和想念的人，其实早已将她关在心门之外。诺诺不过说出了春知的心声。

从前，尹桢总是对周围充满了困惑：冰激凌那么好吃的东西为什么有人却怕得要命；那么平坦的路面，为什么有人健步如飞，有人走起来总是蹒跚；同样跌倒在地擦破了膝盖，为什么有人不叫疼拍拍身上土继续赶路，有人却哭到心碎……经历了那么多事尹桢已经理解了很多，人的境遇不同，对同一件事的反应会不同，被烫过手的孩子会怕火，在贫瘠的精神世界里长大的孩子才会时刻保持警惕，唯恐心爱的东西被人夺走。

因为春知和尹桢各自怀着心事，那顿饭吃起来显得愁绪万千。一个人对另一个人的拒之千里不是冷漠，而是客气，客气的同时却与在场的其他人谈笑风生。

尹桢默默地喝茶吃东西，临别的时候她对春知说："我爸书房有一套《黄帝内经》你记得吧，有一阵子我闲着没事翻开看，看到里面有一句'恬淡虚无，真气从之，精神内守，病安从来'，我就问他是什么意思。他说，那是鼓励人们忘记过去，不要有那么多忧虑，如果总是心神不宁人会容易生病,神采奕奕病安从来？"说完她像从前那样咧开嘴对春知笑笑。过了一会儿她说："谢谢你请我们吃饭。"

春知低头笑笑："有爸爸多好。"

尹桢把话接上："人变得坚强是靠自己。"

"尹桢，"春知突然正色看着她，"岳鲁阳创业很不容易，他能有今天付出了很多，我不希望你在中间破坏他和牧航的关系。"

"你想多了。"尹桢说完扭头看向李牧航，他和岳鲁阳在一起说着什么，两个人都将后背挺直，手臂交叉枕在脑后，像两个比试木头人的孩子那样一动不动。尹桢朝他们走去，拉起李牧航说："不早了，诺诺要休息，散了吧。"

岳鲁阳扁起嘴来讹着她说："求你件事，全面监管李牧航的时间能不能往后顺延一阵儿，我们俩还没聊够呢！"

"不能。"尹桢抓起背包，"我对他拥有绝对主权！"

岳鲁阳对李牧航哈哈大笑："为你捏把汗，恭喜你找到一个女壮士。"

李牧航扭捏着起身，一只手搭在尹桢肩膀上颇得意地向外走，说："甘之若饴听过吗？"

回去的车上，尹桢忽然想起李牧航教训林琳的话：天真是上天赋予人类最珍贵的东西，最勇敢的人才保持得住，尹桢跟你们所有人不一样的地方就在于她是勇敢的。想到这里，尹桢心情大好，扭脸对着李牧航笑个不停。

李牧航不明所以。"笑什么呀！"伸出手在她头顶摩挲着，"这么大人了还像孩子似的，一会儿噘着嘴一会儿又傻乐。"

"我爱你。"尹桢说这三个字的时候恰好有卡车的喇叭响起，她的声音湮灭在刺耳的声响中。

"你说什么？"李牧航微微地蹙着眉。

"没什么。"

第 30 章

　　欢姐在澳洲的治疗无功而返，那家科研机构的药物对她的病症并没有效果。尹桢在电话里安慰了张际宇，转天便带林琳到机场接这对夫妇。在张际宇悉心照料下朱欢精神很好，她好像并不在意治疗的效果，仍旧像以往出差归来大步流星向外走，不同的是这一次一路都有张际宇拉着她的手。

　　林琳爸开着公司的商务车在停车场等他们，他钦佩老板的胆识和人品，此时对她在尊敬之余更多了一份挂念。知道今天要来机场接他们，前一天晚上特意到林琳妈的店里拿了一包山核桃放在车里。

　　山核桃也叫小胡桃，是欢姐老家浙江临安到安徽宁国的天目山脉独有的一种坚果，据说是明朝的刘伯温在伙房里看到厨师将芹菜放进沸水里煮一会儿再捞上来借以去除芹菜的苦味，由此受到启发，想到将漫山遍野的山核桃先煮再烘制成香气四溢的坚果。早上他出门的时候，因为这袋小胡桃还引来林琳妈对他的一通奚落："人家那么大的老板，鱼翅燕窝都吃不完呢，怎么会想得起来吃你这两个小胡桃！"接着她又忽然想到什么似的，说："你就一个司机怎么对老板这么上心啊？我爱吃什么你都未见得想得起来！"

"我这叫千里送鹅毛、礼轻情意重！"林琳爸头也不回出了家门，气得林琳妈直跳脚。生气不是因为他关怀欢姐，生气是因为这场架又没吵起来。

在机场欢姐见了小胡桃异常开心，尹桢看着她的模样蓦然想起十年前自己才到公司上班时来机场接出差回来的欢姐，当尹桢变魔术似的从背包里掏出一串冰糖葫芦，欢姐惊喜地跳起来抱住了她。那时的欢姐还年轻，也苗条一些，抢劫似的从尹桢手里接过那串糖葫芦，她笑逐颜开："难得你这么有心，下个月涨工资，最少百分之十。"欢姐从来不讲空话，言必行，行必果，所以大家对她都多一份敬爱。

一个人要得到别人的另眼相看是需要付出代价的，要么因为奉献，要么因为钱。欢姐当然是不讲奉献的，她是俗人，喜欢享乐，容易感动在别人的奉献里，她的乐善好施足以为她带来格外的尊敬和喜爱。

欢姐从林琳爸手中接过小胡桃的同时从随身的背包里拿出一

个手表盒塞给他，说："你的手表太旧了。"

林琳爸登时红了脸，窘迫地推托："不要不要，我这个戴了几十年，习惯了。"

一个要给，一个不肯要，纠缠间手表盒掉在地上，欢姐瞬间生气了，抬脚将盒子踢出去好远，怀里的小胡桃也扔在地上。尹桢见状，连忙一边高喊着"谁抢到就是谁的！"一边跑去捡回手表盒，跑回来捡起地上的小胡桃，说："这个也是，谁捡到就是谁的！"欢姐旋即又笑起来，转身对张际宇说："这个林琳，最会哄人。"

林琳爸开车将张际宇和欢姐送回了家，等到车里就剩下他们三个人的时候，尹桢才把欢姐的情况对林琳父女做了简短的说明，她从书包里掏出那块手表放到仪表台上，说："她给您的干吗不拿着？"林琳爸就说："我一看那盒子就知道这表肯定很贵重，我哪能拿老板这么贵重的东西，人家给我开着工资呢。再说，她现在得了这个病，我就更不能拿了。"

"您错了爸，万物都有价，人心可是无价的。"林琳说着拿起这块表，"浪琴，也不是特别贵，我觉着咱老板距离真正的痴呆还早着呢，起码对送谁什么东西心里还是有数的。这要是给尹桢一块手表，怎么也得是卡地亚。"

尹桢也附和她："就是，我觉得林叔您对老板的这份心，配得上这块表。"

这话让林琳爸很受用，等红灯的时候旋即将手表戴起来，扭身问他女儿："怎么样？"

"说实话吗？"

"那当然。"

"说实话，超过两百块钱的东西搁您身上就跟抢来的似的。"

尹桢被逗得大笑，林琳爸则小声嘟囔着："早知道你这么没良心，小时候你妈揍你时我应该上去再补两巴掌。"

"我早就怀疑您当年没少补刀。"

这时林琳爸的电话响起来，自然是林琳妈打来的。他说先送了老板回家现在正往回走，林琳妈便趁机揶揄他："老板收了你的礼怎么着了，有没有封你个一官半职？"

当着尹桢，林琳爸很不好意思，说："去去去，一天净说不着调的！"匆忙挂了电话。

尹桢羡慕这样的夫妻。

第 31 章

　　这天尹桢去拜访一个重要客户，在停车场竟遇到岳鲁阳，他替诺诺来报名参加一个英文的戏剧训练班。两个人像老友那样随意聊了几句之后告别，岳鲁阳突然又将她叫住。"尹桢！"他朝尹桢的方向走过去，"那天的事别在意。"

　　"什么事？"尹桢一头雾水。

　　"小孩子讲话口无遮拦，春知对你有误解，她知道错了。"

　　尹桢蓦地想起那一天诺诺说她不是好人的话来，低头笑了笑。"我不放在心上。"她对岳鲁阳挥挥手，"回头见。"

　　转过身的瞬间，她看到岳鲁阳如释重负的表情。"回头见。"他说。

　　尹律师打电话叫尹桢晚上回家吃饭，尹桢本想说有事，忽然电话里传出李牧航的声音，立即警觉地问："你们在哪儿？"

"健身房。"李牧航在一旁气喘吁吁地回答。

"呵。"尹桢简直不知道如何形容当时的心情，尹律师这么崇尚自然的人，居然跑到健身房去锻炼，他以前最看不上一身肌肉的男人，说那种体格完全是西方人的商业阴谋。

"爸，你现在是不是有情况了，一点儿都不像你了。"

"我本来不想来，小李非拉我来看看。"

"现在你怎么想？"

"我……感觉还不错。"

接着传来李牧航得意的笑。

晚上尹桢回到家，饭菜已经准备好，尹律师和李牧航一起做了一桌菜，包医生在书房写着一份特殊病情的分析文章。尹桢放下背包在厨房门口探着头揶揄李牧航："你可以哈，还没过门就这么贤惠。"

"是，"李牧航点头笑起来，"火车跑得快全靠车头带，叔叔带得好。"

包医生也凑过来，问："不是说尹桢回来就开饭吗？怎么还不开，我都饿了。"

尹律师忙不迭答应："马上马上！"

尹桢觉得好笑，做女人做到妈妈这样也是没谁了。就在她到洗手间洗手准备吃饭的时候，手机响起，是林琳。"老大，给你发微信怎么不回！赶紧看微信！"不等尹桢说话就挂断了电话。

尹桢狐疑地打开微信看到林琳给她发来一段视频，点开播放，居然是爸爸跟一个年轻的女人在车里幽会的画面。女人坐在副驾驶位上，手里似乎拿着一块小蛋糕在吃，不时舀起一勺喂到尹律师嘴里。画面很清晰，显然偷拍者就躲在尹律师前面的某辆车里，正对着他们拍摄，而车里这对有着不正当关系的男女沉浸在偷情的欢愉当中浑然不觉。很快女人吃完了蛋糕将盒子装进垃圾袋里，凝望着尹律师动情地诉说着什么，又过了一会儿，她很自然地依偎在尹律师怀中，而尹律师的眼中则闪耀着星星一样的光芒，那是尹桢从未在爸爸眼中看到过的青春和喜悦……

尹桢几乎是颤抖着看完了视频，惊恐地看着不远处忙着开酒的爸爸。

包医生不经意瞥见她发呆的模样，问："愣着干吗，等你吃饭哪！"

"哦。"尹桢咽了口唾沫，很努力地迈出腿试图走向餐桌，然而双腿就像被人绑住了似的，动也不能动。

"你怎么了？"包医生诧异地看着她，"脸色怎么这么白？谁来的电话？"

包医生的话引起了尹律师和李牧航的注意，两个人几乎同时抬起头看向她。尹桢不敢和爸爸对视，不等他们开口就冲向了厕所，说："我先上个厕所。"

跑进洗手间关上门，她直接瘫坐在了地上，大脑空白，像得了重感冒似的脊背发凉浑身战栗，哆哆嗦嗦地摸出手机又将视频看了一遍。然后哆哆嗦嗦地拨通了林琳的电话，问她："这视频你哪儿来的！"语气恨恨的，仿佛爸爸的情妇是林琳。

"杜北发给我的。"林琳拿不准此刻尹桢的状态，大气也不敢出。

"那个女人是谁？"

"我不知道啊！"林琳语气里充满委屈，"你没事吧老大，你在哪儿要不我现在去找你吧。"

李牧航到厕所来敲门："没事儿吧尹桢？尹桢？"

尹桢从地上爬起来，佯装镇定地走出来，一边装作匆匆忙忙的样子，一边说："有客户在瑞士出了点儿麻烦，我得马上回公司处理，你们吃吧。"她不敢看任何人，低着头飞快地抓起背包跑了出去。

第 32 章

如果这个世界上只有一对男女是模范夫妻，尹桢觉得毫无疑问一定是她的父母，她很少看到过那些结婚超过三十年的夫妻看向彼此的眼神里还带着温度。但是当尹桢一遍又一遍地看那段视频，她断定在车里的那个时刻，尹律师眼里流露出的才是爱情，他看起来光芒四射。

从家里逃出来，尹桢哪儿也没去，她躲到车里一遍一遍看那段视频，直到想吐。有那么一瞬间，假想妈妈看到这段视频的情形她甚至绝望了，也许从此以后妈妈将失去家庭，必须一个人生活了。

父母离婚并不只是令小孩子恐惧的事，对三十三岁的尹桢来说同样残忍。究其缘由也许是她的内心始终停留在小女孩的年纪，在她的人生中不论发生什么，一直是爸爸妈妈挡在她前面。

林琳的电话很快又打了进来，得知尹桢躲在车里不能动弹，林琳飞奔而来，开车送她回公寓。一路上，尹桢靠着车窗像蜡人一般不发一言。

回到家，林琳将她安顿在客厅沙发上，倒了杯水递到她手上，说："放心吧老大，有我在绝不会让那女的得逞，我已经约了杜北明天见面。"

尹桢看着林琳，非常绝望地说了一句："他们俩要是离婚了，我就没有家了。"

"没那么严重，尹律师可能只是一时……"林琳想说一时冲动，又觉得不妥，六十岁的人在这种事情上还有冲动似乎不太体面，尽管林琳心里明白那就是赤裸裸的冲动，"可能喝多了。"

"不是，不是喝多了，他就是背叛我妈，他变心了。"尹桢叹了一口气，"老房子要是着火，扑不灭。"

"按说他们俩挺好的呀，我还真不信你爸能那样……"林琳在客厅里来回走着，陷入思索，"我总觉着这事儿跟杜北有关，他发给我这段视频的目的是什么呢？肯定是为了给你看呀，他故意让你看这段视频的目的又是什么呢？他想干吗呢？"

林琳说到这里，尹桢立即冷静下来，是啊，杜北想干吗呢？那个女人又是谁？此时的尹桢反而替爸爸捏了一把汗，妈妈要是知道这件事，肯定是要离婚的，爸爸恐怕五脏六腑得同时碎掉。

"唉，"她仰着脸长叹了一声，"我很羡慕你，林琳，你家里并

183

没有那么多乱七八糟的事。"

林琳乜着她冷笑，说："你不知道罢了。"这时李牧航给林琳打电话，林琳说了两句便按下免提叫尹桢跟着一起听。

"……你别骗我，赶紧告诉我实话，尹桢出什么事了？她一接完你电话整个人都不对了，你跟她说什么了？"

尹桢拿过电话问他："晚饭吃得怎么样？"

"挺好的，我担心你，所以陪他们吃完就赶紧出来了，你在哪儿？"

"在家。"

半个小时以后李牧航匆匆赶来，尹桢见了他便递过手机让他看了那段视频，李牧航的震惊程度不亚于她。其实这样的桃色事件并没有什么可惊讶的，在李牧航这样的阶层里，即便到了尹律师这样年纪的男人也会有这种事。总有人习惯把这种事归结为社会风气，而实际上人人都知道，只是个人选择罢了，有多少人能说出多少个版本的婚外恋，便会有同样多的人列举同样多版本坐怀不乱的经典案例。人是此一时彼一时的动物，正派了几十年忽然觉得厌倦，那就换一种生活好了，有时候一辈子只做对的事有什么意思？问题是，总有人会受伤，这一次不过是碰巧落在尹桢头上。

不知道为什么，从看到爸爸偷情视频的那一刻起，尹桢的脑海里就一遍又一遍重复着十几年前在春知家里遇见的一幕：夺走春知父爱的后母那样残忍地厮打她妈妈。这些记忆中的片段一遍一遍地回放，让尹桢不由自主地战栗，仿佛她就是彼时的春知，对那个叫雅丽的女人恨之入骨。

尹桢把她的感受讲给李牧航和林琳，沉默了许久之后，李牧航说："其实这个世界哪有没有缘由的愤恨，不过是在人家身上看到了内心深处那个想要隐藏的自己。换句话说，当看到另外一个人身上有太多行为与自己吻合，就会产生那种将自己赤裸裸展现在众人面前的恐惧，怕被人看穿，所以那样愤恨那个同自己一样的人。"说完，他平静地看着尹桢，顺势拉过她的手。

尹桢不明所以。

"你是说，老大跟徐春知的后妈是同一种人？"林琳终于反应过来，她惊讶地合不拢嘴，"这怎么可能呢，不可能，老大恨她是因为路见不平，见不得她那么欺负徐春知母女俩。"

"人们总是拼命想要看清楚别人，想知道别人心底的想法，其实看清楚自己才是最难的，需要格外的勇敢。"李牧航鼓励地看向尹桢，"我只是提出一种可能性，为什么在看到这段视频时会愤怒和恐惧，只有你自己最清楚。或许你现在还不是很清楚，但是只有弄清楚这件事，下一步你才知道怎么办，甚至是在面对杜北的时候，虽然我们目前还不清楚他想干什么，但先把自己弄明白，才不会怕他。"

李牧航一番话令尹桢醍醐灌顶，聪明如尹桢自然也明白，李牧航在她身上着实下了一番苦心。于是尹桢深吸了一口气强迫自己冷静下来。"照常理来说，看到这个视频我应该羞愧或者是怨恨我爸跟那个女的，可是我现在除了恐惧没有任何别的感情，"
她看向李牧航，"你说得对，肯定是我心理有些问题，否则的话……
本来这不算什么大事啊，我都三十多了，父母离婚而已，可为什
么我会这么害怕，一直在发抖，只想躲起来不敢见人。"

"会不会是应激反应？"林琳说，"要不还是去看看心理医
生吧，听说有专门的药物可以控制。"

尹桢对林琳和李牧航下了逐客令："你们回去吧，让我一个
人安静地想想，我到底在怕什么。"迎着林琳担忧的目光，尹桢
干巴巴地笑笑。"也说不定真的就是因为我心里住着一个女魔头，
月黑风高夜，吸血鬼要出来了。"她说着话，对着林琳龇着牙。

林琳被她逗笑，抓起一个抱枕扔向尹桢，被尹桢顺势接住抱
在怀里。

林琳说："每个人心里都住着恶魔，我们现在要做的不是让
你跟那个恶魔战斗，而是让你搞清楚自己究竟怕的是什么，"她
拍拍尹桢的肩膀接着说："别怕，有我跟李总在。"

李牧航赞许地看向林琳对她笑："我必须把你挖走！"两人
结伴离开了尹桢的公寓。

第 33 章

　　尹桢一夜没有闭眼，她颓然坐在地板上背靠着沙发的扶手，不断地问自己为何那样恨那个叫雅丽的女人，又为何如此对彼时春知的处境念念不忘。天快亮的时候，尹桢终于承认，她对春知当时爆发出的惊人的凶狠和愤怒充满恐惧又兴奋不已，更叫人绝望的是她发现自己的心里同时住着一个自私的雅丽和愤怒的春知。她看到自己真实的样子，她渴望坚强却又无比的懦弱，从来没有真正地爱过任何一个人，正如李牧航所说的那样。

　　沮丧，失望，经历像一个世纪那样长时间的懊悔，尹桢决定出门去找杜北。

　　她披头散发地上了车，疯狂地行驶在路上，此刻的尹桢化身为另一个被逼到了墙角的春知，心里一遍一遍咆哮不许伤害我爱的人，充满当年春知绝地反击的力量。

她一脚踹开杜北办公室的门，杜北手握电话将双脚搭在办公桌上与人交谈甚欢。尹桢以迅雷不及掩耳的速度上前掀翻了桌上的电脑，一言不发地抄起墙角一根高尔夫球杆，将办公室里的一切都砸得稀烂。当杜北慌里慌张地挂断了电话，试图阻止尹桢的时候，他的办公室已经一片狼藉。

杜北暴跳如雷，抓住尹桢的双手让她不能动弹，喊道："你是不是疯了？大清早你到我这儿来发疯，看看你干的好事！"

尹桢恨恨地瞪着他："为什么跟踪我爸？"

杜北愣了两秒，松开了尹桢的双手。"原来是为这个，"他冷笑着，"尹大律师是不是也挺意外的？"他毫不掩藏自己的得意，劝慰尹桢似的说："男人嘛，谁还没点儿故事，人非圣贤孰能无过呢，我也是碰巧就看见了。发给你看也没别的意思，就是想让你跟你爸明白一个道理，玩别人的时候得把自个儿的嘴擦干净，你说呢？"

"下流。"

"下流？我没听错吧尹桢？"杜北夸张地张大了嘴，"他尹国栋挖我的黑料，拿着我的财务资料要挟我在被徐春知戴了绿帽子之后放弃精神补偿就不下流？你可真是流氓律师的女儿，看得见别人看不见自己，轮到我给他上一课就成了下流？双重标准可不大好啊。"

"那是你跟徐春知的事，凭什么记到我爸头上？"

"你这问题问得好！"杜北在洒满杂物碎片的沙发上拨出一块地方坐下去，向前探着身子跟尹桢说话，"这也正是我想问你的：我跟徐春知的事，凭什么你们父女要来插上一脚！要是我有错在先也就罢了，明明是她徐春知的错，凭什么你们反倒帮着她来威胁我！你现在跟我讲公道？！我的公道又在哪里？"

不等尹桢作答，警察赶来了。杜北浑身上下洋溢着一种成功报复过后的快感。"我告诉你姓尹的，这回神仙也救不了你，"他捡起地上一块瓷器的碎片，"我告诉你，我这花瓶苏富比拍回来的，等着坐牢吧你就！你以为你是谁？你以为你爸是谁？他就算是再大的律师也大不过法律我告诉你，今儿不把你送进去，不让你牢底坐穿，我就不姓杜！"

尹桢冷冷看着他，不发一言。她即将被带往派出所，监控画面说明了一切。杜北或许是被她默然的表情激怒，突然上前拉住尹桢肩膀："你给我回来！"他指着满地的狼藉，激动地很久都没发出声音，"记住，记住你干的这一切，我要让你付出代价。"他咬牙切齿地说。

他们同时被带回了派出所分别做了笔录，尹律师匆匆赶来，明知尹桢闯下大祸仍舍不得责备，他焦灼的眼神里写满了父爱，对她说："别着急尹桢，爸爸一定救你出来。"看着他六神无主的样子，尹桢心里莫名的畅快。"谢谢爸爸。"尹桢平静地看着他，眨动双眼的须臾间，她已完成了对他精神上的埋葬，从此以后她没有爸爸。

第 34 章

关进看守所的第一件事是脱光所有的衣服接受检查，那是尹桢从未经历过的屈辱。接着她被剪短了头发，带进一间监室，尹桢是新人，她被分配的第一个工作就是每天负责刷洗监室的马桶。

面对这突如其来的人生灾难尹桢并没有太多的悲伤，她坦然接受一切。初入监室的几天，除了蹲在墙边发呆就是刷洗马桶，她爱上了洗马桶这件事，用刷子和抹布将马桶的每一个缝隙清洗干净，直到看起来光洁如新。

监室里的老大是个粗壮的安徽女人，她和另外五个人一直冷眼看着尹桢，猜测着眼前这个抢着干活的女人背后带着怎样的故事，出于矜持和威慑，没有人开口跟尹桢讲话。尹桢当然也知道她置身何处，面对六个睥睨自己的室友，她努力让自己镇定，极力保持着尊严。

尹律师在看守所跟她会面，如同任何一个代理人跟当事人的会面。尹律师看起来很憔悴，这次面对尹桢却没掉眼泪，只是平静地叮嘱她："吃东西，保持体力，等着爸爸救你出去。"

尹桢一言不发起身离开。她并不恨他，也不恨那个跟他约会的女人，但是她心里累积的那些郁气总要发泄，于是选择了杜北。她相信今天发生在她身上的一切变故都是杜北处心积虑的设计，她恨他。尹桢一向不把杜北放在眼里，同时也知道自己凶多吉少，尽管做足了心理准备，她仍然不想去坐牢，她只想发泄愤怒，没想到事情变得这么糟糕，尤其不愿妈妈跟着担心。

从那天开始尹桢每个晚上都会失眠，她并不为此焦虑，反正看守所里有的是时间。有时候她甚至故意让思绪飞扬，认真思考她头脑里出现的那些一闪念的念头：假使真的去坐牢可能一下就要关个三五年，要真是那样，她坐完牢出来已经快四十岁了，可能再也不能找到工作，运气好的话可以做个保洁、小时工或是保姆，要瞒住自己坐过牢的黑历史，否则就只有自己创业一条路了。在金融街租到一个几平方米的店面卖早点也是个不错的主意，可以做豆浆和那种各种谷物和在一起摊成的煎饼，再雇个漂亮的姑娘当店员，英文流利……尹桢忍不住对着天花板想象她的小店客似云来的繁华景象，那时候欢姐六十多岁了，要是她在门口路过或是叫司机停车亲自下来买份早点该怎么办？要是她那时还没有发病的话或许可以，一定可以的，谁知道明天会有哪个了不起的科学家发明可以治愈阿尔兹海默症的特效药，就像当年亚历山大·弗莱明发现了盘尼西林，欢姐吉人天相，会没事的。林琳也该有了宝宝，她会嫁给谁？她那么喜欢李牧航，一定能找到如李牧航一样的良人。妈妈那时已经退休了，假使最终她和爸爸分开，她是不太可能再结婚的，因为没有任何男人比得过爸爸，很可能她会回到访问过的那所美国大学再去学习，她不止一次说过喜欢那里。爸爸？追他的女人肯定很多，要是他跟妈妈离了婚说不定能给她找个同龄人当后妈，再生一两个孩子，也说不定隔三岔五地带着他新生的孩子来看自己，如果爸爸真的再婚，有了孩子，尹桢希望是个男孩儿……

尹桢常常感觉一闭上眼天就亮了，时光飞逝，她乐此不疲。

有时她会做梦，梦到很多不可思议的场景。譬如有天夜里，她梦见自己和李牧航一起漂浮在茫茫的大海上，夜色深沉，海天相连形成一张巨大的黑幕，两个人各自抱着救生圈相对无言漂泊了许久，就在突然之间，一眨眼的工夫，李牧航悄无声息地滑入了大海……尹桢从睡梦中惊醒，一只手捂在胸口，努力保持着镇定。镇定在很多时候使人保持一点残存的尊严，然而她还是忍不住哭出来，一只手捂住嘴巴，仿佛不能呼吸那样饮泣。狱友们即刻围上来问她怎么了，尹桢说不出话来，只是摆手。"没事，没事，"过了许久她才发出声音，"做了个噩梦。"说完，她拉起被子蒙在头顶，双手捂着脸颊涕泪滂沱。

还有一次，尹桢梦到自己成了匹诺曹。她在上学的路上遇到了她的朋友小灯芯，就像童话里描述的那样，小灯芯邀请她去一个神秘的乐园，他说那里是孩子们的乐土。尹桢信以为真跟着她的朋友小灯芯来到那个神奇的地方，在梦里那更像是一座现代化的小镇，电影院、咖啡厅、贩卖各色物件的小店鳞次栉比。尹桢像个快乐的旅行者，跟她的伙伴一起玩耍，流连忘返。然而她终于变成了驴子被卖到了马戏团，她的朋友也是。

那一天醒来以后尹桢发出会心的笑，像是获得了神秘的力量，参透了命运的底牌——这个世界上根本没有乐园，一切都有代价。

第 35 章

尹律师第二次来看守所看尹桢的时候告诉她，自己决定跟包医生离婚。尹桢像是挨了当头一棒，头晕目眩。

尹律师说那天的女人是另外一间律所的同行，他们因为在一个会议中坐在相邻的座位相识，互相留了微信。转天尹律师得知她曾代理过杜北的案子，是杜北的朋友，于是三个人约好了一起吃饭。一顿饭下来尹律师跟对方都感到相见恨晚，再后来就是频繁地交流案子。别人都觉得不可思议的事情对当事者来说不过就是水到渠成。尹桢终于明白某次在林琳家附近见到杜北和一个陌生女人走在一起的时候他对自己露出轻佻的表情，以及那句"尹律师最近精神焕发"源自哪里。"难怪那一次我遇见杜北他那样幸灾乐祸地看着我，好像大仇得报一样，"尹桢忍不住慨叹着，"他早就预料到了你和那个女律师相识之后的下场。"

尹律师哭起来，说："我该怎么办，尹桢？"

尹桢平静地看着他说："你已经决定要离婚了，不是吗？"

"如果我不离婚，往后的几十年在你妈妈眼里我就是垃圾，我不愿意那样活着。"顿了一下他又说，"除了离婚，我不知道该怎么办，过去我是她眼里的宝，但从今以后都是垃圾……我想保持一点尊严，只能跟她离婚。"

"离婚也正常。"尹桢理解他，虽然她知道妈妈不愿离开他，可强扭的瓜不甜，他的决定妈妈一定会尊重。想到这里她叹口气，故作轻松地说："你看这个世道多不公平，我想谈个恋爱多费劲，好不容易李牧航给我买了戒指，出了这件事，他不要我了。你都没费什么劲就有女朋友了，真是饿的饿死饱的饱死。"连她自己也奇怪为什么说这样的话，原本是想安慰他的，可见心里还是恨他，真的恨一个人才会不吵不闹却说出那些戳人心肺的话。

"结发为夫妻，恩爱两不疑。欢娱在今夕，嬿婉及良时。"尹律师突然激动起来，几乎泣不成声再也说不下去，过了很久很久，他才想起掏出纸巾来把眼泪擦干。"我不知道为什么，一闭上眼睛就是我们俩，还有你小时候咱们一家人的样子，我怎么能做这种事！"他用拳头敲打着额头，追悔莫及。

"你总是不像律师。"

"你说得对。"

"不过小偷如果贼眉鼠眼叫人一眼看出来有什么意思。"尹桢对他笑笑，"你是一个多愁善感的……情圣，失敬失敬。"

那天晚上从监室的窗户看出去，月亮很远很亮，尹桢将薄薄的一层棉絮做成的被子裹得很紧很紧，她从来没有像这样感到寒冷。曾经爸爸妈妈两个人是她全部的底气，以后的日子只能靠自己了。

又过了一个月，尹桢被取保候审。爸爸妈妈一起出现在拘留所门口——他们接她回家。带着随身的物品迈出看守所大门的那一瞬间，看到爸爸妈妈含笑的眼神，尹桢十分惭愧。她的代理人尹国栋此时再一次慈父附体，泪流满面，拉过尹桢紧紧抱住："爸爸没有用，让你受苦了。"

"没有的事，"尹桢拍拍他的后背，"他们对我挺好的。"她看向妈妈，妈妈除了眼睛里面的笑容，看起来面无表情。"走吧，"她说，"回家洗个澡去吃饭，大家都等着你呢。"

餐厅包房里，春知和岳鲁阳都在，同时还有欢姐、张际宇，他们等她回来。

尹桢若无其事坐在欢姐身边，欢姐伸手摸她头发，说："这么短。"

"那里的规矩。"尹桢低声说，接着她对欢姐笑笑，"没想到您来，让老板见笑。"

"都没帮到你还来蹭饭。"她看起来还是从前的样子，不像病人。

尹桢看向岳鲁阳和春知，他们看起来很恩爱并且很般配，她问："诺诺呢？"

"她跟学校合唱团到台湾交流。"岳鲁阳看着她眼睛回答，神情和语调都像对老朋友，"长高了不少。"

"是，小孩儿长得快。"跟岳鲁阳说话，尹桢却看着春知，"让你们费心了。"

"干吗那么客气，"春知接话，"都是自己人。"她躲闪着尹桢的眼神。

"是啊，自己人。"尹桢也笑，低下头。

吃过饭，尹律师带着尹桢和包医生回家。一进家门尹桢就看到尹律师的衣物和书籍已经打好包，整齐地摆放在客厅的墙角。怔了几秒，尹桢回身望着她曾经无比恩爱的父母，说："这么说你们已经……"

包医生登时红了眼圈，她在沙发上坐下，竭力保持着尊严。

"我和你妈妈昨天去办理了离婚手续。"尹律师说。

尹桢苦笑："所以，这是你们迎接我回来的仪式？一个惊喜？"

"一段婚姻里面最珍贵的不是爱情，是亲情和尊重。"包医生并不正面回答，"我们曾经互相关怀，抚养女儿，这就够了。也许从今以后我们都能过上更精彩的生活，真正渴望的那种。"包医生始终是包医生，她用很短的时间平息了悲伤，让理智重新回到大脑。她始终是这个家庭这个舞台中的灵魂人物，即便在散场的时候。

尹律师也开了口："有件事我觉得……还是应该告诉你。"

他看了一眼包医生，沉吟了几秒，对尹桢说，"杜北从春知那里拿走了餐厅百分之四十的股份，他本来想要更多，谈了几轮下来让步到这个程度。"

尹桢吃惊不小，一方面，杜北跟她判断的不差分毫，为了钱不择手段，另一个方面，她没有想到如今的春知肯为她做出这样大的牺牲。

"春知说事情是因她而起的，杜北当年借着诺诺的身世跟她大闹一场，摆明了就是冲着餐厅股份去的。要不是你爸拿着他偷税的证据做筹码，餐厅恐怕早就保不住了。"包医生进一步解释。

尹桢没有想到生死攸关的时候肯出手拉她的仍是春知，原本她认为会不顾一切搭救她的人是李牧航才对。可是现在，他和林琳居然同时消失在她的生活中。出来后她曾不止一次给李牧航和林琳打过电话，然而没有一次打通过。尹桢心里很清楚，再一次，她被最亲近的爱人和朋友抛弃，在她人生的最低谷。经过了在看守所里的日子，尹桢变得比以前更加豁达，她理解并且原谅所有人的选择，假使有人辜负了她，她也宁愿归结成这是她的命运。

尹桢到餐厅去找春知，店员说她出去了，尹桢在店里坐下等她回来。过了一个多小时，春知拎着超市购物袋回到店里，见了尹桢先是一愣，继而放下袋子走到她跟前嗔怪她："怎么不打电话，我就在楼下超市。"

"我反正没什么事，坐这儿等你。"她瞄了一眼购物袋，"家大业大了，还自己出去买菜？"

春知看着她笑而不语，假装忙碌地在店里走来走去，其实什么也没有做。尹桢于是问她："你们是不是有事瞒着我？每个人都躲躲闪闪的。"

"能有什么事，不过大家情绪都不太好罢了。"接着她招呼尹桢到办公室。"其实我最近也想约你呢，叔叔跟阿姨……他们俩到底是怎么回事？"坐定之后她给尹桢倒杯茶，在她对面坐下，"从来不敢想他们会离婚。"

尹桢苦笑。"可能我妈不爱我爸了吧。"顿了一下又补充，"可能婚姻生活对他们来说就是合作愉快。我爸有一天觉醒了，他想活得更舒展，其实对我妈也是好事，大半辈子就守着一个人，虽然他是好丈夫、好爸爸、大律师，其实想想也很没意思，偶尔错一次也挺刺激的。真的，比如我。"尹桢死死盯着春知的眼睛，很想从中发现些什么，但她一直非常淡定，含笑聆听，似乎对于出让餐厅的股权并不在意。于是尹桢又说："我知道你给了杜北股权。"

春知忽然慌张起来，连连地摆手说："不不不，不是我……"她突然又愣了两秒，含含糊糊地说："这都是我应该做的，一切都是因我而起。"面对尹桢的凝视，春知像做错了事那样低着头。"当年若不是我走错一步路，嫁给杜北，你就不会有今天的麻烦，"春知终于抬起头看向尹桢，眼中噙满泪水。"对不起尹桢。"她抹了一把眼泪继续说，"感谢的话我跟你说过无数次了，可是从来没有说过一句对不起……对不起。"

"你别这样说，我们是朋友。"

春知的悲伤更加不能扼制，说："如果不是因为我，说不定你跟老李已经结婚了。"

"跟你有什么关系，我跟李牧航可能就是……缘分没到吧。"尹桢竭力表现得轻松和诙谐，"也没准多年以后他自己后悔了，后悔选了林琳没选我，跑回来找我哭着求复合呢。"

春知不忍心再骗她："李牧航跟林琳出了车祸，情况特别糟糕。"

尹桢就像被人施了什么法术，整个身子都被定住了，瞠目结舌一个字都说不出来。

"我们商量了一下，决定暂时不告诉你，怕你受不了打击……"

尹桢不等她说完，起身出门拦下一辆出租车去林琳家，家门紧闭，尹桢又跑到街上的零食店，店也关着。步行街上人来人往，经过她身旁的女孩们拉着男朋友的手沐浴在爱情里笑靥如花，尹桢却感到周身一阵阵地发冷，现在她终于知道，在她身陷囹圄的日子里，林琳和李牧航经历了一场巨大的灾难。

第 36 章

尹桢赶到李牧航的家里，林琳和林琳妈都在，就连林琳爸也已经离开欢姐公司，做李牧航的专职司机兼负责家中日常用品和蔬菜瓜果的采买。林琳的右腿受伤严重还坐在轮椅上，林琳妈专门过来照顾她和李牧航的日常起居。见到尹桢，母女俩有些尴尬。李牧航正在打电话，见了尹桢友善地笑笑说："随便坐。"便转到书房不再理她。

尹桢正在纳闷的时候，林琳妈推着林琳从厨房出来，看到林琳手里端着一杯茶，尹桢忙接过来放在客厅中间的茶几上。林琳叹了一口气说："本来我应该去看你的，可是现在这个情况……"她向李牧航的方向张望了一眼，接着说："李总的大脑受了伤，以前的人和事全都不记得了，失忆了。"

"难怪。"尹桢强忍悲伤，故作轻松地笑了笑。"虽然失忆是场灾难但至少你们都还活着。"她拉住林琳的手说，"能活着已经很好了。"

林琳妈受不了这样的场面，叹口气转身又回到厨房。

李牧航和林琳是在尹桢冲到杜北办公室一通打砸的前一晚出的事。那天离开尹桢家之后李牧航本来要先送林琳回家，中途接到岳鲁阳打来的电话说需要一份文件，李牧航想起文件就在车上，于是决定带着林琳一起先去送这份文件给岳鲁阳。两人一路聊着上了高速，没开出多远就遇上一辆超速行驶的货车，那辆超重的货车在撞断高速公路间的隔离栏杆之后迎面撞上了李牧航的车……真是一场飞来的横祸。林琳胸骨和颈椎多处骨折，腿也受了很重的伤。李牧航脑部受到严重创伤，再加上脾脏破裂险些丧命，包括包医生在内的多名专家连夜做手术才算把他从鬼门关拉回来。可惜离开 ICU 醒来以后他的记忆变得七零八落，他唯一能认出的人便是林琳，之后才勉强想起了岳鲁阳和徐春知。

起初岳鲁阳和徐春知去看他，李牧航只跟他们打了个照面就叫人请他们出去并且不要再来。直到岳鲁阳打印了两人多年来的旧照甚至搬出了公司合伙人文件，李牧航才将信将疑坐下来跟他交谈。可是谈什么呢？

李牧航已经彻底地忘记了过去的时光，他唯一还记得的片段就是事发前他在开车，林琳坐在他身旁。

"你别误会啊，我们俩就是一块经历了一场生死的灾难而已，"

林琳试图解释她住在李牧航家里的缘由，"他现在这样，除了我谁都不认识，谁都不信，我真没法不管他。"

尹桢点点头说："要是需要我做什么就说一声。"

"也还好，"林琳看着她说，"有我爸妈在这儿。"

尹桢只是遗憾，没有一个人告诉她这几个月以来看守所之外发生的事。

这时李牧航走进了客厅，很自然地站到林琳的轮椅后面，说："你朋友啊？"他看着林琳，然后对尹桢礼貌地笑了笑。

尹桢端详李牧航，他的头发已经长出来，是那种短短的寸头，额头直到鼻梁的位置有一条长长的疤痕，他的目光比从前更加犀利和闪耀，对她充满着警惕。

尹桢看着他，什么也没说，只是笑，直到李牧航有些不好意思起来。过了一会儿，他才又开始重新端详尹桢的脸，皱了皱眉头转向林琳说道："我怎么对她一点印象都没有？"

"我叫尹桢，还记得吗？"瞄了一眼林琳之后，她又补充，"是你的朋友。"

李牧航一脸的茫然。

尹桢安慰他："想不起来没关系，以后日子还很长，养好身体最重要。"说着她站起身走到李牧航跟前，伸出手想摸一摸他，手伸到一半突然又感到这样太突兀——她现在是一个陌生人啊！于是尴尬地搓了搓双手，端详了李牧航一阵，轻声说了一句："咱们好久不见了，真想抱抱你。"

话音落下，李牧航居然就伸开双臂轻轻抱了抱她，然后盯着尹桢的脸喃喃自语似的说道："尹桢这个名字我很熟啊，尹桢，尹桢，尹桢……"他反复念叨着这两个字。"没错，这个人我肯定认识，这名字……太熟悉了！"看得出来他很努力地回忆着。

　　尹桢立刻小心地追问："尹律师你记得吗？"

　　"记得，他前两天才来看过我，尹国栋律师，他的爱人叫姜鸿。"说完他得意地看向林琳，"我说得没错吧，尹国栋律师，姜鸿律师。"

　　话说到这个份儿上，林琳也只好硬着头皮点点头。

　　尹桢突然就明白过来，跟她爸好上的女人叫姜鸿，也是个律师。果然是旧不如新，他那样负屈衔冤般地为了尊严跟妈妈离了婚，这么快就抱回了新美人。任凭尹桢再怎么想得开还是不由得叹了一口气。

　　"你没事儿吧尹桢？"以前林琳叫她老大，现在叫她尹桢。

　　"没事儿。"

　　这时林琳妈走了出来，拉着尹桢走到厨房的拐角，像摩挲着一只小猫似的抚摸着尹桢的手背。"孩子你这叫好事多磨知道吗，把心放肚子里，小李我给你照顾好。别看小李现在只认林琳，乘人之危的事我们家不干。"过去，林琳妈叫她小尹或是领导，透着巴结，而今的尹桢在她口中成了孩子，无依无靠。

　　"阿姨，李牧航他并不是属于我的，他是他自己，即便他过去爱过我，但是现在经过一场事故，他不再爱我的话，我也会接受的。"尹桢本想轻松地调侃两句开个玩笑把这个话题岔开，但面对林琳妈认真的眼神，她也只好给出一个认真的回答，"如果他再也想不起来我们之间的事，那也是命运的安排。"

听到这话，林琳妈更加焦灼地原地转了两圈，扭脸走向了李牧航，对他说："小李，尹桢是你的女朋友还记得吗？你是她的男朋友，她是你的女朋友，你给尹桢买过一个特别大个儿的钻石戒指，不信你看……"她扭脸又走过去抓起尹桢的一只手举到李牧航眼前，然而尹桢手上什么也没有。"错了，这只手。"她马上又抓起另一只，仍是空空如也，她看着尹桢更加尴尬，对尹桢说："你回去拿来让他看看没准就想起来了，他买的，肯定得有发票，回头一对不就对上了嘛。"她似乎打定了主意要找出尹桢和李牧航相爱的证据，然而李牧航只是一头雾水地看着她和尹桢，最终推着林琳进了书房。

"算了阿姨，不过就是个戒指，想不起来没什么。"尹桢扭脸看看被李牧航关上的房门，"那就麻烦您和叔叔照顾李牧航了，过几天我再来看他们。"说完，尹桢向外走去。

尹桢还是像包医生多一些，人生跌倒谷底，也要保持最后的尊严，尽可能保留做人的体面。

第 37 章

　　尹桢曾听过妈妈讲她和爸爸的爱情故事。他原本是她闺蜜的男友，两人恋爱了三年，这三年里尹律师自己省吃俭用，把仅有的生活费攒下来接济女友。那时候大学生都穷，尹律师一年到头的啃馒头吃咸菜，包医生有时看不下去，周末从家里带了饺子偷偷给他送过去。尹律师是专情的，包医生对他也仅仅是同情，况且她当时的男友是系主任的儿子。

　　故事的逆转发生在毕业以后，包医生的闺蜜嫌尹律师穷转而投入了一个家庭条件很好的同事的怀抱。以尹律师的性格当然痛苦到不行，一周七天，天天跟包医生诉说他对前女友的思念，直到包医生看见他就躲。大概过了七八个月，尹律师好不容易走出了失恋的阴影，便开始发狠地学习提升自己。那时他只是基层法院一个小小的办事员，短短两年就成为一名审判员。包医生由衷为他高兴，并接受了他的邀请，到一家吃涮羊肉的馆子替他庆祝，谁知尹律师却端起酒杯向她表白了。

包医生说起她的爱情总忍不住唏嘘，对于抛弃系主任的儿子转投尹律师的怀抱不是没有愧疚，因为人家并没有做错什么。她是善良和公平的女人，即使看起来那样骄傲，但嫁给尹律师这样的男人她不后悔。在医院工作久了，见惯生离死别的她有自己独特的生活哲学，她对生活的定义常常像是感慨，比如她总是说生命不是你活了多久，而是在你脑海里对于一些事和一些人留下多少记忆。

离婚以后的包医生曾淡淡地对尹桢说，人生真的很长，长到你要经历那么多意外，你多不情愿都没有用。就像尹桢从来也没有想过她会经历牢狱之灾，还要面临父母离婚的打击，生活曾经给了她许多的惊喜和蜜糖，对她如此厚爱，但似乎从某一个时刻起对她不再眷顾，像是有一只黑手偷走了她所有的运气。

那一天回到家，尹桢喝了几罐啤酒倒头便睡，几乎整晚都在做梦，梦见自己在刷洗马桶，就像她在看守所里做过的那样，以至于早上起床的时候她的手臂都是僵直酸痛的。

睁开眼的时候包医生早已经来到她的公寓，还买了青菜和鱼，此时正在厨房里仔细择掉发黄的菜叶。尹桢靠在卧室门口对着妈妈的背影发呆，像大多数离婚的女人一样，她整个人失掉了一些光华，看起来枯败许多。这些细微的变化外人丝毫看不出来，但在尹桢的眼中，妈妈跟从前大不相同。

包医生不经意地回身瞥见了倚门而立的尹桢，母女俩相视而笑的电光火石之间，包医生便看透尹桢笑容背后的欲言又止。

"没想到你妈还会干这些事？"她一边说着一边打开水龙头，将青菜浸泡在盆里，转身抓过挂在墙上的围裙套在身上，随手抓起放在水槽旁边的鳜鱼麻利地收拾起来。包医生做家务的姿势轻松，手脚利落，她做什么都很在行，在尹桢小时候还为尹桢织过毛衣，只不过尹律师事事抢在前头使她没有施展的机会。"你要搞清楚现在的形势，"她继续说，"你爸已经有了新欢，你和我的地位都不比从前了，衣食住行一粥一饭都得自己动手，更别说其他的。"她再次打开水龙头若无其事冲洗着手里的死鱼，"没想到我五十几岁还要学着坚强独立，你才三十出头，一切靠自己还来得及。"

"这个时候难道我们母女俩不该抱头痛哭吗？"尹桢忍不住笑出来，"你真的一点儿都不恨他？"

"什么叫恨？"她关掉水龙头扭身看着尹桢，"我平均下来一天要上三台手术，门诊几十个病人，你告诉我拿什么时间恨人？有一天我真倒下了，你是管自己还是管我？"

"你至少应该告诉我李牧航的事。"终于说到了正题。

"没告诉你你不是也知道了？"包医生显得冷静而平淡，"眼前没有办法处理的事，就交给时间。"

"你这话让我想起电影里说的，'做你认为对的事，其余的交给上帝'。"尹桢深深吸了一口气，"可是我现在就只想哭。"

"像小李这种情况造成的失忆很多都是暂时的，也许很快就会好起来。"

"百分之五十对百分之五十，也许很快能好起来，也许永远想不起我是谁……"尹桢第一次体会到什么叫作命运多舛，"你说为什么别人谈恋爱都那么顺畅到我这儿总是状况百出，是不是我以前太顺了？"

包医生停顿了几秒但没有回答，尹桢也就不再说话，坐到客厅的小沙发上回想着前一天见到李牧航的每一个细节，心中充满了遗憾。如果那天早上她没有冲进杜北的办公室该有多好，那样的话她仍有让人羡慕的工作、深爱她的男友，至少她有充满希望的生活，而不是像现在这样一直活在等待之中。

换了包医生倚靠在厨房的门边欲言又止地看着尹桢。"大部分的人都觉得解除痛苦是一个漫长的过程，其实不是的，比如我吧，只用了几天的时间就从跟你爸离婚的痛苦中走了出来。"她走到尹桢旁边坐下，一只手很自然地搭在尹桢膝盖上，接着说："那天晚上我在医院值班，翻来覆去地想咱们家的这些事，想你爸，想你，想小李，想到我自己……我忽然就想通了，我并没有做错什么呀，为什么我要痛苦？"

"你这叫自欺欺人好吗？痛苦也不是多可耻的事。"尹桢重重叹了一口气，"我就特痛苦，突然之间失去了那么多，一无所有。"说到这里，她之前拼命扼制的悲伤从心底涌出来，双手捧住脸颊，如决堤潮水般的眼泪立刻顺着指缝流淌出来，"我唯一感到庆幸的是李牧航还活着，虽然他想不起来我是谁，但是至少他还活着。"

爱一个人是希望他快乐。

吃过了午饭，尹桢拉着包医生出去做头发。在看守所已经剪掉了长发，她索性让发型师把头发剪得更短并且染了新的颜色，一切从头开始。

第 38 章

　　尹桢回到公司上班，争抢每一个加班的机会，忙得四脚朝天恨不得飞起来。张际宇已经全面接管公司的业务，他为人严谨做事得体，公司上下团结一心将欢姐打下的江山推到新的高度。然而不知从什么时候开始，公司里流传起有关张际宇和尹桢的传言，有关两人幽会的各种版本成了同事们茶余饭后最热衷谈论的内容。

　　一天尹桢送张际宇回家，在路上发觉他一直目不转睛地凝视自己，尹桢不动声色。直到张际宇忍不住开了口："公司的传闻都听说了吧。"

　　"什么传闻？"

　　"关于咱俩的。"

　　"没有，"尹桢瞟了他一眼，"他们说什么？"

"说我们好上了。"张际宇舒出一口气，颇无奈地说，"希望没有给你带去困扰。"

　　尹桢笑笑，说了一句"嘴长在人家身上"便不再言语。直到车停在欢姐家楼下，尹桢才又鼓起勇气似的问他："要是你觉得不方便，我可以辞职。"

　　张际宇看了她半晌，轻轻吐出两个字："婊气。"

　　"你说什么？"

　　"我说你什么时候变得这么婊气，你跟我清清白白，怕什么？"

　　尹桢忍不住哈哈大笑，果然钱是人的胆，张际宇已经脱胎换骨，俨然一副霸道总裁的模样。尹桢笑够了一拳砸在张际宇肩头，说："我是为你的前程着想好嘛！"

　　"欢姐的意思是升你做公司合伙人，需要你审核和确认的文件明天会送到你办公室。"

　　尹桢的第一个反应居然为什么，除了自己她现在一无所有了。

　　张际宇继续说："欢姐和我最欣赏你对朋友义薄云天。"

　　"我现在哪里还有朋友。"尹桢低了低头几乎要落下泪来，如今的她真的是孑然一身，呵护了她几十年的爸爸拂袖而去，那样迷恋她的男友甚至忘了她是谁，想起过去种种再看当下，尹桢只觉得自己打烂了一手好牌。

　　张际宇下车跟她挥手告别之前说道："千万别摔个跟头就觉得万劫不复了，你要觉得命运亏欠你，就靠自己把它拿回来。"果然知识改变命运，去新南威尔士读了个商科回来做人的格局和谈吐直接上了一个层次。相比张际宇，尹桢觉得自己就是差了那一口气，被命运捶了两拳顺势趴在地上不愿起来。王侯将相宁有种乎？张际宇的那句话使她茅塞顿开。

那天回去以后尹桢独自一人在露台沉思很久很久，一点点积蓄着内心的力量，逐渐感知自己正一点点复活，像慢镜头下晨曦中牵牛花舒展的触角，迎着太阳一点点扭动身姿。很快她制定出人生新的规划，当务之急是要适应公司合伙人的新身份以及和尹律师一起着手处理自己悬而未决的案子，剩下所有的时间她决定去和李牧航一起度过，命运试图从她身边带走的东西她要亲手拿回来。这样想着，尹桢就躺在沙发里睡着了，一夜无梦。

第 39 章

　　在尹桢难得踏实入睡的深夜里，林琳妈却睡不着了。在李牧航家的客房里，她充满狐疑地向林琳爸道出了傍晚不经意看见的一幕。傍晚她眼看着李牧航像往常一样面无表情推着林琳进了电梯，然而当她十几分钟之后下楼去小区便利店买调料的时候，却看到李牧航和林琳有说有笑地坐在旁边的咖啡店吃点心，不仅李牧航看着像个正常人一样，就连林琳也是笑得眉飞色舞、花枝乱颤！当时她惦记厨房煮的一锅牛尾汤，买了调料便急匆匆赶回来，可是一边做着饭一边心里怎么也挥不去两人坐在咖啡店里连吃带笑的模样，于是她打定主意等他们俩回来要问问是怎么回事。令她难以理解的是，两个人回来后眼瞅着脸上除了丧气就是丧气，那副毫无生气的模样让她都觉得要是他们俩能在咖啡店里笑成那样真是活见了鬼。

吃晚饭的时候林琳妈偷偷地仔细观察林琳，问她这段时间恢复得怎么样，林琳说就那样，每天睡觉都觉着浑身疼。她瞄了一眼李牧航又说起她那间零食店，旁敲侧击地说老这么关着不是回事，她得回去做自己的小买卖。李牧航就跟听不懂似的问林琳："阿姨的补贴你没给吗？"

"她是我妈，我能不给足了吗？"林琳提高了声音瞪着李牧航，"反正都是你给钱，又不花我的。"

李牧航听完愣了几秒，一边往嘴里扒饭一边含含糊糊对林琳妈说："您要走了可就没人照顾我们了。"

她本来还想说你那么有钱什么样的保姆找不来，扭脸看到林琳正瞪着她，也就只好撇撇嘴不再言声。

寻思了一个晚上，林琳妈怎么想怎么觉得不对劲，索性叫醒了熟睡的林海，向老伴抱怨这如今的日子："你说咱们林琳跟李牧航这算怎么回事？咱们一家子怎么稀里糊涂地住到人家里来了，你说这算怎么回事？"

林海表示无奈："这话我憋在心里好几个月了，你今儿要不说我可不敢提出来。"

她便自顾地嘟囔起来，顺着事情发生的顺序从前往后捋了起来。"小李从ICU出来，咱们推着闺女去看他。当时围了一圈人，他谁也不认识，唯独就记得林琳，拉着她不让走，尹桢她妈这才找人给他们俩换到一间特级病房里头。好像就从那时候开始咱们跟小李就没分开过吧？"她回想着几个月前的情景，很笃定又有点儿不确定，"是这样的吧？"

"没错，你照看林琳我照看小李，出了院直接就住到这儿来了。"

"咱俩怎么能同意呢？"这事儿让她特别想不通，的确以她的性格，不可能同意的呀。

林海白了她一眼："你问谁呢？你要没点头我能跟着来吗？"

林琳妈更努力地回想当时的情景：包医生托人要了两间特需病房，林琳从手术室出来住进其中的一间，李牧航就没那么幸运了，他离开手术室直接推进了 ICU。一个礼拜以后，李牧航离开 ICU 回到病房，那时他就已经谁都不认识了，除了林琳。无奈之下，包医生又找了间更大的病房将林琳和李牧航搬到了一起，委托林琳爸妈代他们照顾李牧航……那时尹桢已经被关进了看守所，包医生和尹律师忙得焦头烂额，林海夫妇俩义无反顾地承担起照料李牧航的责任。再往后，到了俩人出院的那天，李牧航坚持要让林琳搬进他家里，而林琳居然就同意了……想到这儿，林琳妈不禁对林琳恨得咬牙切齿起来。"咱们林琳也太没谱了，人小李跟咱有什么关系？那是人家尹桢的男朋友，她就这么鸠占鹊巢似的霸占着人家尹桢的地方，这成什么了？"她越说越气，呼地从床上起身向外走，"我这就找她说去，明天咱就回家。"

林海死说活拽将她拦下，说："有事儿也得明天说呀，这都几点了，你现在闹起来人家小李也休息不好，那么些日子都过来了不差这一晚上了。"

　　关于林琳和李牧航到小区喝咖啡这件事林海倒是笃定地认为不可能，并且肯定她是眼花看错了人——林琳跟李牧航遭遇了这么大的灾难，他们怎么可能有心情出去喝咖啡呢？还有说有笑？！同时林海也觉得这俩人每天一起出双入对确实有点儿不太对劲，单从维护他女儿林琳的声誉方面来说，每天跟李牧航一块出来进去这就有问题。

　　转天，借着林海带林琳去医院复查的空当，林琳妈将李牧航叫到客厅里，正式地提出想要回家的想法。李牧航充满警惕地看着她不说话，直看得她的眼神躲躲闪闪，最后她耐着性子更进一步地向李牧航说明他们的处境。"你现在生着病，尹桢跟我们林琳又是这么好的同事跟朋友，按说我跟你林叔不应该扔下你不管，可是我们有我们的难处，也请你多理解。"想了想叹了一口气又接着说，"你和尹桢都要结婚的人了，出了这样的事，我们就是有心再接着管你，也得顾忌人家尹桢的想法不是嘛，你没看她上次来哭的那个样儿，叫我心疼。"她说着眼泪也掉下来，一边抹着眼泪一边继续说，"所以呢，我们一家得搬回去了，你听明白了吗孩子？"

　　李牧航木然地摇头说："我不明白，你们住我家跟尹桢有什么关系？尹桢是谁？"接着他抓起电话拨打林琳的号码，"阿姨说你们要回家去……"

　　林琳回来自然跟她大吵了一场，无论她说什么，林琳都只有一句话："要走你们走，我不能扔下他不管！我现在上着班呢，陪着他就是我的工作！"气得她只想撞墙。林琳妈没别的办法，抓起背包出门就要去找尹桢，林琳登时就急了："您要敢去找尹桢，我现在就跟李牧航去领结婚证，我跟他结婚！"一句话唬得她不敢再轻举妄动。冯彩珍一辈子本本分分做人，绝不能让自个儿闺女做这种乘人之危落井下石的事！好汉不吃眼前亏，她也只好答应林琳继续在李牧航家里住下去。

第 40 章

　　下了班尹桢来看林琳和李牧航，李牧航仍把她当作林琳的朋友，打过招呼就跑进书房不再露面。尹桢把自己晋升公司合伙人的事告诉林琳，并说助理的位置一直给她留着。出乎尹桢意料的是，林琳并不关心自己未来的职业生涯。"我可能回不去了，"她向尹桢坦言，"李总现在这种情况我得留下来帮他。"

　　怔了一秒钟之后尹桢点点头："这样也好，毕竟对他来说现在是非常时期，有你帮他大家都放心。"

　　"你有什么打算？"林琳反问她。

　　"我？有什么打算？"尹桢不解。

　　"你和李总的事。"

　　尹桢这才从她晋升的喜悦中回过神来，轻叹了一口气悠悠地说了一句："等下去，直到他想起我或是忘记我。"说这话的时候她一直看着林琳。"你觉得我该怎么办？"她问。

"不知道。"林琳摊开手表示无能为力，"你们俩的私事我怎么好插手。"也只有林琳仍像以前那样对她，一句话将人怼个跟头。

尹桢看着她，兀自笑了出来，自言自语地说道："说的也是，我自己都没有主意，别人怎么会有办法。"说着，她起身走向书房，说了一句："我去看看他。"即便李牧航的脑海里不再存有关于她的记忆，尹桢仍希望他们能坐下来好好聊一聊关于他自己的将来。

"李牧航。"尹桢在门口叫他的全名，不忘扭身看了一眼林琳，而林琳就像一个真正称职的秘书那样开动着轮椅进到自己的卧室，她在混乱之中仍恪守着自己的本分。

尹桢推开门的瞬间李牧航仰起脸来看着她，眼神中带着略微的迷茫。

尹桢轻轻关上门，在李牧航对面坐下，说："我今天来是有个好消息要告诉你，老板升我做合伙人了。"她像对着一个孩子一般很轻声地跟他说话，分享她内心的喜悦，很温和地笑着，生怕吓到他似的。

"很好。"李牧航不苟言笑，他比从前更像老板。

"你在干吗？"尹桢走近书桌探头去看他的电脑屏幕。不想李牧航一副拒人千里之外的样子关掉了电脑，礼貌地笑着说："处理公司的业务。"接着他抬起头说："我听人说你有可能被判刑，现在情况怎么样？"

这些话像刀子扎在尹桢心上，不过这一次她的心没有破碎。在李牧航对面坐下之后，尹桢思忖了片刻才又重新迎着李牧航的目光说："对方已经出具了谅解书，尹律师也已经向法院提请了免于处罚，如果他辩护意见被采纳我就可以免于刑事处罚。希望我可以不用坐牢吧。"说完她如释重负般地舒出了一口气。接着又问："你的公司怎么样？"

"很顺利。"李牧航看她的眼神温和了许多，"我听说那人是个恶棍，你被他欺负？"

尹桢便看着他说："我最不能原谅自己的地方是连累了爱人和朋友。"

李牧航点点头："嗯，亲者痛仇者快。"他突然转换了话题，以一种少有的陌生眼光注视尹桢说："听他们说在我出事前我们本来是要结婚的……"

"不说这些。"尹桢打断他的话，平静地看着他，有一秒的时间，她看到李牧航眼中的闪烁。"你对我不需要有任何情感的负担，去爱你想爱的任何人，比如林琳或是别的什么人，"尹桢低下头思忖了几秒，喉咙里有种酸涩的感觉让她的眼睛也不由自主有些湿润，"我父母在一起三十年最近也离婚了。人们常错误地认为爱一个人就是占有他，这是不对的，爱一个人是让他快乐。"她仰起脸看着李牧航，眼角湿润，但嘴角却带着笑。

"可是……"

"我爱过许多人，也被一些人爱过，我们分开又重逢，经历喜悦和绝望。我曾经以为失去一个爱人之后我的余生都会在痛苦里沉沦，但我现在知道了我不会，我学会了祝福。"沉默了一会儿，她试探地问李牧航，"我这样说，你听得懂吗？"所谓的成熟就是接受命运所安排的一切，不再慌张和恐惧，尹桢做到了。

李牧航笑起来，露出洁白的两排牙齿，说："我只是失忆，不是智障。"

一句话让尹桢也跟着笑起来，当她抬起头，李牧航变得有些热烈的目光使她惊诧，脸颊竟微微发烫："不用抱歉，如果你实在想不起来我是谁。"

"至少我还活着，对吗？"李牧航狡黠地笑，他重重地叹息一声，"你让我情何以堪！"说着他起身拉开书房的门对着客厅大叫林琳的名字："林琳！林琳！"

林琳的电动轮椅无声地溜出客房出现在眼前，与此同时林琳爸妈也从厨房跑出来："怎么了怎么了？"他们还以为出了意外。包括林琳在内的几双眼睛直直地盯着李牧航，一时间李牧航竟有些慌乱，下意识拍了拍额头，露出痛苦的表情："突然忘了我想说什么……"

林琳妈第一个长舒一口气："想不起来就想不起来吧，我当出什么大事了。"嘟囔着说完扭身又进了厨房，林海意味深长地看了一眼林琳也跟着她进了厨房，两人与其说在忙碌倒不如说是在逃避——逃避两女对一男的尴尬场面。

林琳对着李牧航欲言又止地撇撇嘴,开着她的轮椅又回到卧室,只留下尹桢一头雾水地站在原地。起初她下意识伸出手想去扶住李牧航,就像上一次那样手伸到一半唯恐觉得冒昧,收回手后关切地看着他问道:"要不要回去躺一会儿?"

"不用了。"李牧航瞄了她一眼,"你先随便坐一下,我去去就来。"说完丢下尹桢径直进了林琳的房间,尹桢只得一头雾水地重新回到客厅坐下。大概过了二十分钟,李牧航和林琳一起回到客厅,神情无恙地招呼尹桢吃饭,这令尹桢更加狐疑。

第 41 章

升为合伙人后尹桢换了新的办公室，更大更明亮，透过巨大的落地窗能够看到城市远处的山脉。

这天尹桢接到一个陌生的电话，本想拒接却不小心按下了接听键。

"请问您是尹桢吗？"一个怯怯的声音传来。

尹桢毫不犹豫地挂断了电话。几分钟以后有短信进来：您好，我叫万福，是刘小琴的儿子，我妈妈说您能帮我介绍一份工作。

刘小琴是监室大姐头的名字，在尹桢刚关进看守所的那些天，这个看起来凶狠的女人总是冷眼看着她没完没了地干活却从不肯多吃饭。突然在某天，刘小琴手里拿着一个馒头走向了尹桢，她说从今天开始你必须每天吃一个馒头，我可不想让你死在这屋里沾上晦气。那是她被关进看守所的第五天，在刘小琴的逼迫下吃了半个馒头，尹桢对她心怀感激。

一见到万福，尹桢就喜欢上了这个孩子，他的目光犹如溪水般清澈见底，神情不卑不亢，并没有一个悲苦孩子的怯懦和呆板。看他的简历，大学四年年年是三好生并拿一等奖学金。万福说人的命运要靠自己改变，一句话令尹桢刮目相看。"你很棒，你妈妈会为你骄傲。"尹桢说，"我的助手辞职了，你愿意来试试吗？"

万福兴奋得几乎要跳起来，就这样尹桢有了一个新助理。

尹桢拿捏着分寸，只喊他小福。

小福上班的第二天欢姐到公司来，神神秘秘地到尹桢跟前解开胸前的扣子让尹桢摸她左胸的一处硬块："我今天早上才发现的，没告诉际宇不想叫他担心。"尹桢不敢马虎，即刻推掉一个会议带上欢姐到医院找包医生，临出门不忘叫上小福，万一有事小福可以跑前跑后。

包医生在病房巡视，见尹桢神色匆匆跑来很是意外，听过了原委将欢姐带到一间无人的办公室，在她胸前弹钢琴般地按压了一阵，说："不用担心，应该是个结节，一会儿去做个B超再看一看，长得比较大了，明天我帮你拿掉。"

尹桢跟着欢姐一齐松了一口气："没事儿就好，没事儿就好。"接着欢姐含笑看着包医生："谢谢你包医生，有时间我想请你到我家来参加沙龙，我家一楼辟出一块地方装修成酒吧，朋友们只要有时间就可以来找我玩，欢迎你也来。"

包医生面无表情地看了欢姐几秒竟喜笑颜开："好。"

尹桢趁机提议说："不如把你那些朋友聚在一起搞个健康讲座，让我妈给你们讲讲乳房保健。"

欢姐大笑："好的呀，最好让她们现场脱掉衣服让包医生挨个儿摸一摸，这样大家都放心。"

从不开这种玩笑的包医生听了竟笑得前仰后合，随后应承下来。尹桢不由慨叹妈妈离婚后的变化竟如此大。生活是最好的教科书，会使人做出改变以适应境遇的转变。

小福和尹桢陪着欢姐做 B 超，等候的时间竟看到李牧航推着林琳自走廊的另一边走来，走到距离尹桢和小福不远的地方拐进了通向 X 光检查室的通道，看样子应该是来给林琳复查。但两人旁若无人一路交谈的模样还是狠狠刺痛了尹桢，以至于她久久看着两人转弯的那个通道呆立在原地。小福将一切看在眼里，过了一阵才小声问尹桢："是看到了熟人嘛？"

"嗯。"尹桢看他一眼，低下头。

"是那两个人？"他追问。

"嗯。"

"照我的经验，他们应该只是好朋友。"小福似乎什么都明白。

"唉，"尹桢叹一口气，"没办法，我未婚夫出了事故失忆了，只认得和他一起出事的女孩儿。"

"失忆？"小福忍不住高声叫起来，"别逗了，他怎么可能失忆，我大学选修过心理学的，你没看到他跟坐轮椅上那女人说话的样子？那怎么会是失忆人的表情？"

尹桢听了心中不悦，说："出事的时候他们俩在一辆车上，轮椅上是我助手林琳，他大脑受到撞击就只认得林琳，这有什么问题？至于你这么大呼小叫的！"莫名的愤怒之中大多包含着无法言说的委屈。

万福瞄了尹桢一眼便将头扭到一边不再说话，神情里却透着带有尊严的倔强。就在小福沉默的瞬间，尹桢在他身上看到了大部分人身上难得的隐忍。这个年轻人，从那样凄惨的家庭里走出来身上却带着高贵的气息，这胸中有千壑不与人争锋的大气让他显得高贵。于是尹桢走向他，想听他说点儿什么，欢姐这时从诊室走了出来，像是孩子被人抢了糖一样哭丧着脸走向尹桢："大夫说要做手术，不会很严重吧？万一是癌症怎么办？"

尹桢哭笑不得，若她不是病人真要把人气死了，人的记性真的可以差到这种地步？明明半个小时以前包医生刚跟她说过需要动个小手术把这结节拿掉。于是尹桢哄着她，带着结果再次来到包医生办公室，包医生看了对欢姐说："跟我判断的差不多，明天来做手术吧，我亲自帮你做。"扭脸小声叮嘱尹桢："最好家属能陪同。"

"知道了。"

欢姐再次喜笑颜开："谢谢你包医生，有时间我想请你到我家来参加沙龙，我家一楼辟出一块地方装修成酒吧，朋友们只要有时间就可以来找我玩，欢迎你也来。"她再一次真挚地重复之前的邀请。

"好呀，"包医生看一眼尹桢说，"把你的朋友们都叫来，我去开个健康讲座,教给大家自查乳房肿块的方法,这样好不好？"

"跟我想的一样。"欢姐像被说中了心事，几乎手舞足蹈起来，"尹桢啊，你把这件事帮我记下来，免得我一会儿忘了。"

"好。"尹桢对包医生伸出大拇指，"点赞。"

包医生一边扭身去开第二天手术的缴费单，一边向尹桢叮嘱着术前的注意事项。尹桢从她手中接过单子转身去找等在门外的小福，小福却不见了踪影。尹桢以为他去了洗手间只得回身叮嘱包医生照看欢姐，自己到门诊楼的缴费机缴费。等她再次回到办公室，还是不见万福的影子，尹桢心里的火"腾"一下起来了，掏出电话准备狠训这小子一顿，然而这小子一直不接电话。无奈，尹桢只得先带欢姐离开，她要先回公司去向张际宇说明欢姐的情况，同时要准备明天陪欢姐来做手术。两人刚走到电梯厅，尹桢电话响了起来，竟是林琳。

不等尹桢说话，林琳便在电话里叫喊起来："快到地下车库来，打起来了！"

尹桢下意识想到了万福，慌忙拉着欢姐进了电梯，电梯走到负二层，尹桢蓦地想起地下车库分负二和负三两层，该停哪一层？正犹豫的工夫，林琳的电话又来了："B3，B3，快到B3来！"尹桢于是拉起欢姐顺着步行梯又向下跑了一层，刚走出出口，便看到几个保安急匆匆向前方跑去，情急之下尹桢转身命令欢姐："站在这儿不许动！明白吗！"简直粗暴到了极点。

"哦！"欢姐不明所以地点了点头。

"能保证吗？"

"能！"

于是尹桢紧跟在保安的身后跑到了几百米外靠近另一部电梯的拐角，没等走近，就听见万福的声音，"骗子！你就是个渣男知道吗！你骗别人行，骗我妈朋友我跟你没完！"这话听着好耳熟，同样的言辞自己当年也对杜北说过。刹那间，尹桢热泪盈眶，她终于明白这些年来自己丢失了如小福这般生命的鲜活，成长的代价便是某种程度上情感的麻木。

接着传来李牧航的声音，透着愤怒和无奈："我告诉你我忍你半天了，你要再这样我真动手了！"

尹桢加快脚步冲在保安前面。远处的万福和李牧航已经扭打在了一起，尹桢冲到两人跟前奋力将他们拉开的时候，万福已经结结实实挨了李牧航的一顿老拳，嘴角和鼻孔都在流血。尹桢一边慌乱地从口袋里掏出纸巾按压住万福的伤口一边扭身对着李牧航咆哮："他还是个孩子！你怎么能对他下这么狠的手！"

不等李牧航说话，万福一把拉住尹桢："他根本就没失忆，就是一个骗子！"

尹桢登时像挨了当头一棒，看看李牧航又看看不远处的林琳，她从两个人略微慌张的眼神里知道万福说的是真的。

"老大，你听我说……"林琳抢先开了口。

那个易燃易爆得理不让人的尹桢又回来了："你还知道我是你老大？你这叫什么，见财起意？见色忘友？"

"我这是……"

尹桢两步走到李牧航跟前，盯着他的眼睛看了好一会儿，李牧航本能地想躲闪过她的眼睛，出于某种原因又不得不跟她对视，内心的矛盾和挣扎在他的脸上一览无余。

"我是谁？"尹桢咬着牙问他。

李牧航趁机瞄了林琳一眼。"尹桢。"小声回答道。

"我是谁？"

"尹桢，我女朋友。"

听到这句话她似乎释然了，就像原谅了全世界那样潇洒地转过身大步离开，但到底意难平，走了一段转回身又走到林琳面前说："你和李牧航倒是般配，一样下作龌龊！"

"不管出于什么原因，我绝不原谅你们俩做的这些事！也绝不会跟一个骗子谈恋爱。"顿了一下她又继续说，"我尹桢就算真的进了监狱，名声扫地，一辈子嫁不出去也绝不会委屈自己跟你这样下流的人在一起。"说着她转过身，大步地离开。直到她走出去很远，李牧航才如梦初醒般反应过来迷茫地看着林琳。"怎么办？"说着话就要追赶尹桢。林琳一把拉住他，迎着李牧航焦灼的眼神说："九十九关都闯过来了，就差最后这一步了，你现在说出来，咱就前功尽弃了。"

李牧航左右为难，对着尹桢离开的方向重重地叹息一声，不经意地瞥见一旁的万福，于是朝他走去，一只胳膊搭在他的肩膀上说："小兄弟，你说你这么年轻懂这么多干吗？"

第 42 章

尹桢开着车一路上脑海里不断闪现在医院的一幕一幕，从她和小福见到李牧航推着林琳有说有笑拐进了走廊一直到地下车库的一番争吵，就像电影的桥段挥之不去……直到车开进小区，尹桢才猛然想起她为什么去医院——带欢姐检查！一想到欢姐，尹桢立刻慌了神，顾不上许多直接将车停在路边给张际宇打电话："欢姐呢？"她紧张得直冒汗。

"不知道，应该在家，你找她？"张际宇一头雾水。

尹桢心说完了，嘴也不听使唤："我……我……打家里吧。"挂了电话马上又拨通小福的手机："欢姐呢？"

"不是跟你在一起吗？"

犹如五雷轰顶！尹桢意识到自己闯下大祸，她把欢姐弄丢了。

她拼命回忆她们乘电梯下到地下车库的细节：听到李牧航的声音，她就跟着保安一起朝声音传来的方向跑去，忘了欢姐的存在……但愿她还在地下车库！

"没跟你在一起吗？"电话里万福的声音也显得不安。

"没有。"

"我马上回去找！"

"我也马上回去。"放下电话尹桢风驰电掣般将车开出去，不知不觉额头已冒出冷汗。一路上她横冲直撞惹得身后愤怒的汽车鸣笛响成一片，就差闯红灯了。

尹桢提前给包医生打电话，告诉她欢姐丢在医院，让她第一时间通知保安。等尹桢赶到医院的时候，保卫部已经将地下车库里里外外查找了好几遍，并没有发现欢姐的身影。

当尹桢气喘吁吁跑到保卫部跟包医生会合，发现李牧航也在，大概因为尹桢生气他先一步跑到包医生这里求援。一见到尹桢，李牧航连忙上前安慰她："别急，这么短的时间应该走不远。"

碍着包医生在跟前，尹桢咬紧牙关没有作声，铁青的脸上愤怒的双眼像要喷出火来。

"已经在调监控了。"包医生看着两人的样子也没有多说话，"我一会儿还有个会诊的病人，你们就在这儿等。"

没一会儿万福也到了，看到李牧航在场他怔了一下，下意识看了一眼尹桢。"别着急，在调监控了。"李牧航拍拍肩膀安慰他。

很快，医院正门的监控里出现了欢姐的身影，她上了一辆出租车，不知去了哪里。保安试着将画面放大再放大，却始终看不清车牌。

李牧航果断说报警吧。三人上了尹桢的车正打算开往最近的派出所，尹桢电话响了。刚一接通就传来张际宇抓狂的声音："你怎么搞的，明知道欢姐那种情况你带她出门不说多带俩人！你不带人自己多长点儿心也行啊，大白天的你让她一个人坐出租车找不着家！她胆子本来就小，得亏出租车师傅人还算厚道，万一赶上一个恶棍会有什么后果你想过没有！"他不容尹桢说话，一味埋怨她对欢姐不上心，尹桢身心疲惫地听着，并按张际宇发来的出租车定位一路开车赶过去。一路上跟张际宇连着线，一路听他的抱怨和责备，尹桢心中竟生出久违的暖意——人同人之间到底还是有真情的，欢姐有福气遇到张际宇这样的良配。这样想着尹桢忍不住瞪着抢在她前头充当司机的李牧航，奇怪的是无论怎么看李牧航都不是渣男的样子，盖因他的眼神始终明亮澄净。

李牧航透过车内后视镜看向尹桢，尹桢慌忙躲避他的眼神，竟红了脸。

"别太担心，应该没事。"李牧航的声音就像他的眼神一样充满温柔和小心翼翼。

尹桢竟不自觉低头"嗯"了一声，回应之后马上后悔起来，此刻应该是与他势不两立的姿态才对！然而一切都被一旁的万福看在眼里，他竟"哧"一声笑出声来，尹桢对他怒目而视，万福慌忙拿过手机点开视频假装刷剧，却不料用力过猛手机掉在脚下……

车在林琳家零食店所在的步行街路口停下，尹桢一行人赶到的时候张际宇正向出租车师傅道谢，欢姐跟在他身后仍是一副笑呵呵的模样。尹桢跑过去一下拉住欢姐的手："幸好没事！"

欢姐不高兴："你跑哪儿去了林琳，害得我到处找！"不知道为什么她生病以后总喜欢把尹桢叫成林琳。

尹桢随口编了个理由："我找不着车所以到处乱转，等找着车了又找不到你，都快急死了！"在停车场走散了听起来好过她忘了她。这话骗得过欢姐却骗不过张际宇，他恨恨地剜了尹桢一眼，尹桢只好装作没有看见，紧紧拉着欢姐的手沉浸在相逢的欢喜当中。

送走了出租车司机，张际宇对尹桢的训斥更加肆无忌惮："不是，你好好的带她去什么医院啊！去医院你告诉我啊，我陪她去不好吗！"

"不好。"尹桢瞪着眼，"我们女人之间的事你老跟着掺和什么？"

"你还有理了？"说着话，从尹桢手里夺回欢姐的手，拉着她走向汽车。

尹桢站在原地，羡慕得不得了。扭过身发觉李牧航正温情地看着自己，忙收敛了目光恢复了平静。她已经恢复了理智，低了低头对李牧航说："我始终觉得你并不是一个坏人，过去发生的事我不想再计较。"深吸了一口气又说："就这样吧，咱们一别两宽，好好保重。"说完，拉起一旁的万福走向远处。

上了车，万福嘟囔："会不会是你误会他？"

尹桢瞪他："大人的事儿小孩儿跟着瞎掺和什么！"

第 43 章

　　接下来的几个星期，不论是李牧航还是林琳都没有再来找过尹桢，尹桢的心情也从最初的愤怒中渐渐平息，取而代之的是无尽的空虚和自我贬低，想起前尘往事更觉得自己并不值得人爱，索性破罐破摔，下了班就拉着万福出去喝酒。须知这对万福是种负担，在那种场合他总是放不开，总是充满警惕看着周围的一切，总是不苟言笑对着尹桢，尹桢气得训斥他："我跟你说小福子，人生得意须尽欢，莫使金樽空对月。"她喜欢喝山崎威士忌，有一种独特的甘甜和醇香。"你一天到晚苦大仇深给谁看啊，要快乐！你以为现在的女孩儿喜欢什么样的男生？有钱的？英俊的？保守的？都不是，我告诉你她们最喜欢会玩的，你得学会玩乐，这样才找得到女朋友。"喝一口杯中酒沉浸在甘洌的刺激中，"我告诉你日本的威士忌是全世界最好喝的，以后有机会去日本我带你到东京去，那里有间酒吧有两百种威士忌，一定要去。来，干杯。"

万福对她说的一切全无兴趣，不过耐着性子陪她坐在酒桌前还她一份人情。"人生有意思的事多了，男欢女爱是最原始最低级的一种。"在尹桢面前他只敢嗫嚅般说这种话，既想让尹桢听见，又唯恐她听见。

"活在当下，懂不懂？"尹桢乜着他暴躁地一吼。

万福猛然起身拉着尹桢出了酒吧，拦下一辆出租车径直带着她来到了他大学的体育馆。万福找到相熟的朋友拿来一套运动服叫尹桢换上，然后带她来到壁球室，对她说："这项运动最早出现在英国伦敦的监狱里，那里关押的犯人因为是贵族而不能参加劳动，为了打发囚禁时光而发明了这项运动。"万福让尹桢站在一旁观看，自己稍做热身便演示给尹桢看，壁球打在墙壁上迅速弹回来，万福反应极快将球捕捉，挥拍再把球打出去，球的路线变幻莫测，竟让尹桢看得目不暇接。"看到没有？很简单的，只要精神集中，速度够快就能打得好。"不过几分钟的时间，万福已经大汗淋漓，一边从包里掏出毛巾擦着汗，一边将球拍递到她手中："到你了。"

运动所产生的多巴胺是一种脑内兴奋剂，类似于爱情来临时给人的刺激，会叫人精神振作。尹桢很快迷上了这项运动，下了班就和万福泡在球馆里，工作之余她和万福成为忘年交，就像她和欢姐之间亦师亦友亦上司。

不知不觉，尹桢又一次完成了精神的蜕变，无时无刻不是光彩照人的模样，以至于小半年不曾见面的尹律师见了她竟呆立了半晌，不知她经历了什么。

　　"你竟然过得这么好。"尹律师掩饰不住地惊喜，"我一直担心你过得不好，不敢跟你见面。"

　　"你也精神焕发。"尹桢惊讶地发觉自己竟然不再怨他，"我猜是爱情的力量。"最终还是忍不住刺他一句。

　　尹律师笑笑："你妈妈说过，我们分开是为了再次迎来欢乐，如果我过得灰头土脸再见她我应该感到惭愧。"男人到底看得更开。

　　尹桢点头："是，你要是见到妈妈就会知道，她也并没有让你失望。"

　　实际上包医生迎来了比尹律师更多的快乐，她和欢姐成为密友，工作之余终于开始学着享受生活，在欢姐办的沙龙里参加各种兴趣小组，插花、朗诵、摄影……成为一群阔太和高管的私人健康顾问，貌似幸福的婚姻生活成为困住她的牢笼，她从来没有像现在活得这般舒展。"这段时间我从妈妈身上看到了一个真理，只有身心都得到充分的自由，你才可以把自己塑造成为理想中的样子。"

　　"所以人家才说，生命诚可贵，爱情价更高，若为自由故，两者皆可抛。"尹律师仍充满爱意地看着尹桢，"你总算长大了。"

　　"那是因为我经历了绝望。"

　　尹律师从文件包里拿出开庭通知书递给尹桢："你的案子后

天上午开庭。"他看着尹桢浏览通知书眼中充满担忧，对她说："别担心，有我呢。"然而尹桢并没有他料想的那样慌张："放心，我不怕。"他不愿在女儿面前失态，手忙脚乱从公文包里拿出纸巾擦了擦眼角，尹桢颇无奈地重复她说过无数次的话："你总是不像个律师。"

父女俩相视而笑。

两天以后，坐在被告席上的尹桢发觉旁听席上不但坐着妈妈和欢姐等人，李牧航和林琳一家人也都在。春知和岳鲁阳就坐在离她最近的地方，春知夸张地对她做着手势叫她沉住气，只有最远处的万福哭丧着脸，仿佛这是诀别。尹桢不禁感到好笑：这些人是怕自己被判刑来现场做道别吗？

然而尹律师辩护得相当成功，法院当庭做出对尹桢免于刑事处罚的判决，审判长的话音落下旁听席上一片欢呼。万福到底年轻，竟然激动到落泪，这样的场景一定让他想起了妈妈，尹桢不免一阵心疼。

第 44 章

　　尹律师和尹桢走出法院大门的时候，之前出现在旁听席的亲友团竟不知所终——法院门口空空荡荡，没有一个亲友。尹桢左顾右盼，居然连妈妈也不知所终。许是在停车场？尹桢心里这样想着跟尹律师走到几百米外的停车场，连车都没停几辆，别说人了。尹桢困惑地看看尹律师然后掏出手机，一边随手拨出万福的号码一边嘟囔着："刚才明明那么多人都在的，这会儿都上哪儿了？"

　　万福的手机一直在响却没有人接听，尹桢又拨通妈妈的手机，仍然没有人接，便诧异地问尹律师："人都去哪儿了？"

　　"谁？"

　　"我妈，欢姐……那么多人不都来了嘛，你没看见？"她跟着上了尹律师的车坐在副驾驶，自言自语："没一个人接电话，什么情况啊？"

尹律师撇撇嘴不说话，自顾自地将车开了出去。尹桢狐疑地看着他说："这就走了？万一他们在法院等咱们呢！"

"他们不在这儿。"尹律师瞄她一眼，很神秘地说，"我带你去个地方。"

尹律师先将车开进市区，走进一家商场的礼服店，指着其中一件黑白相间的礼服让尹桢去试。"干什么呀，咱们不过就赢了场小官司，弄得好像要去领诺贝尔和平奖似的。"饶是嘴上这么说，还是拎着礼服进了试衣间。不料效果奇好，连尹桢自己对着镜子看时都觉得惊艳，还没来得及问价格尹律师已经毫不犹豫付账。接着他又叫人拿来一双裸色高跟鞋搭配，尹桢惊讶地发现尹律师竟有这样时尚的眼光，显然这是最近培养的，姜鸿律师想必衣品了得。

尹律师坚持让尹桢穿着礼服和八厘米的高跟鞋出门，径直将车开上通往郊区的高速公路。

"你这要带我去哪儿啊，我下午还见客户呢。"

"案子结了，咱们去庆祝。"尹律师开心地笑，"爸爸知道这些日子你很辛苦，一定特别难熬。"

"又来了，你别老招我哭。"尹桢嗔怪他，"你是律师呀，这么爱动情怎么挣大钱？"

"这么多年我只在你和你妈面前才敢流露真情，越来越怀念我们一家人在一起的日子。"

"让人念念不忘的常常都是永不再来的东西，时光、童真、青春的欢颜、男女初见的怦然心动……"尹桢转头看着他，"我和妈妈的经历充分说明一个道理，人要坦然接受命运给予的一切，才能有站起来的勇气，"她微笑看着他，"你也是。"

尹律师驱车来到郊外一座以古堡造型闻名的庄园式酒店，将车停在庄园的入口，突然指着远处草坪上竖起的花门对尹桢说："今晚在这里会有一场草坪晚宴，晚宴开始之前两个年轻人会举行订婚仪式。"

"我哪有心情陪你来什么订婚仪式，我三十多了还孤家寡人，容易触景生情你不知道吗？我谈了那么多次恋爱没一次成功的……"

"是你和李牧航的订婚仪式。"

尹桢无比震惊。

"李牧航刻意选在今天是想给你一个惊喜。"

突然而至的喜事对尹桢来说不只是惊喜，更是惊讶，继而心底升腾起失而复得的喜悦。刹那间尹桢明白过来为何出了法庭就不见了众人身影，又为何尹律师带她在外面兜兜转转，李牧航果然不简单，将这么多人联合起来陪他演了一场大戏。

"你心里肯定还有很多疑问。"尹律师带着慈父的笑容说得十分笃定，"你只知道春知给了杜北餐厅百分之四十的股份，却并不知道其实她自己只留了餐厅百分之五的股份，另外的百分之五十五只是代持，因为李牧航花高价从她手里买下了那百分之五十五。"

尹桢并不意外："早就猜到了，他的失忆是装出来的。"

"开始是真的，不过很快就恢复了。"

"自以为是的小聪明。"尹桢颇看不起，"他这样把亲人朋友玩弄于股掌有意思吗？"

"他既要拿到餐厅控制权，又要让杜北可以肆无忌惮地插手餐厅经营，就必须这么做。"尹律师叹口气，"春知夫妇将剩余的餐厅股份卖给李牧航大家会怎么想？杜北会怎么想？他肯定会以为春知夫妇乘人之危！落井下石！总资产不过才四五百万的餐厅，李航牧花了一千多万买了百分之五十五的股份。杜北那人你还不了解？当他发现他的合伙人李牧航就是个傻子，连最好的朋友都骗他，你说杜北会怎么样？能不在餐厅账目上动点歪脑筋吗？财务部是他的人。"说到这儿，尹律师得意地笑，"这叫请君入瓮！有条件杜北会做坏事，没有条件我们创造条件也得让他干坏事！不然哪有机会给你讨公道？"

尹桢似懂非懂："什么意思？"

"意思就是李牧航要从杜北身上给你讨回公道。"说完，他扭过身看向身后庄园草坪上忙碌的人群，无限感慨，"我做了几十年的律师，帮过数不清的当事人，却看着我自己的女儿落入人家的圈套无计可施。还好有个李牧航，爸爸能给你的他给得起，爸爸给不起的，他还给得起。你总怪老爸不逼你结婚，其实是老爸不放心把你交出去，但是这次，我放心了。"他又哭了，像受了多大的委屈。

　　尹桢泪盈于睫，沉默了几秒，她像老朋友一样上前揽着尹律师的肩膀："又来了又来了，别动不动就哭，大喜的日子，这才刚订婚你就哭成这样，你这样让人家看见了会怎么想，李牧航说不定会笑话你的。"

图书在版编目（CIP）数据

以为长大就好了 / 庄羽著. — 北京：北京联合出
版公司, 2021.5
ISBN 978-7-5596-5145-7

Ⅰ. ①以… Ⅱ. ①庄… Ⅲ. ①长篇小说 - 中国 - 当代
Ⅳ. ①I247.5

中国版本图书馆CIP数据核字(2021)第051484号

以为长大就好了

作　　者：庄　羽
出 品 人：赵红仕
责任编辑：牛炜征
策划编辑：孙文霞　陈艳芳
封面设计：與書设计

北京联合出版公司出版
（北京市西城区德外大街83号楼9层　100088）
北京时代华语国际传媒股份有限公司发行
唐山富达印务有限公司印刷　新华书店经销
字数158千字　880毫米×1230毫米　1/32　8印张
2021年5月第1版　2021年5月第1次印刷
ISBN 978-7-5596-5145-7
定价：49.80元